MALIKA SOREL-SUTTER

# LES DINDONS DE LA FARCE

ALBIN MICHEL

*À mes enfants*

« Les peuples, comme les individus,
ne gagnent rien à se dérober la vérité. »

Alexis de Tocqueville

# Introduction

L'immigration, l'intégration, l'assimilation, la maîtrise des flux migratoires sont déjà, et seront, quoi qu'on en dise, des thèmes majeurs de la campagne présidentielle 2022.

Le hasard de la vie m'a amenée à vivre en immersion totale dans deux civilisations – je n'hésite pas à utiliser ce mot – différentes. Chaque fois, j'ai mené une existence au diapason des us et coutumes qui régissent chacune de ces communautés. Une immersion totale, ce qui signifie que j'ai vécu suffisamment longtemps à l'intérieur de ces deux communautés, et non dans une simple juxtaposition, baptisée de nos jours « le vivre ensemble ». C'est ma chance que d'avoir eu les moyens d'identifier les différences, mais aussi les points de convergence potentiels.

Les Occidentaux et, bien sûr, les Français s'inscrivent dans une quête éperdue de l'amour et du bonheur. Ils ont besoin d'être aimés et sont prêts à bien des sacrifices pour y parvenir, y compris au détriment du devenir des pays qu'ils légueront à leurs descendants. C'est la raison pour laquelle il leur importe toujours de revendiquer l'appartenance au camp dit « du bien ».

C'est une immense fragilité. En effet, plus ils recherchent le bonheur et plus ils semblent malheureux, comme le révèlent nombre d'enquêtes qui se suivent et se ressemblent. La consommation d'antidépresseurs ne s'accroît-elle pas au fil du temps ? Nos concitoyens vivent les uns à côté des autres, mais ils ne vivent pas ensemble. Le sens de la communauté leur ferait-il désormais défaut ? Manquerait-il parfois cruellement pour soutenir chacun dans l'épreuve ?

A contrario, pour la plupart des migrants, ce n'est pas le bonheur individuel que la plupart placent au sommet de leurs attentes, c'est le bonheur collectif, qui passe par l'exigence du respect, par chacun et par tous, de l'identité culturelle communautaire.

C'est parce qu'ils sont devenus matérialistes, individualistes que les Français, dans un égocentrisme exacerbé, en ont déduit que les autres étaient à leur image. À partir de ce postulat, ils sont tombés dans cette facilité qui consiste à ramener tous les problèmes à leur dimension socio-économique, même lorsque cela est manifestement hors de propos comme c'est le cas avec la question de l'identité. Un sujet qui faute d'avoir été traité avec esprit de responsabilité, et parce qu'il a un impact de plus en plus évident, s'invite à chaque élection présidentielle. Et ce n'est pas seulement en France que ce sujet obsède et tourmente, car « pour les questions d'immigration comme pour celles qui touchent à la crise d'identité, de grâce, ne restons pas dans l'Hexagone. L'un des plus grands défis du XXIe siècle est de concilier la pleine reconnaissance de la diversité des cultures avec le sourcilleux respect de l'universalité des valeurs[1] ». Jean Daniel avait bien raison en parlant de défi, sauf qu'il faut accepter de reconnaître que les valeurs dites « occidentales » ne sont pas universelles. Et c'est bien là le nœud du problème que les Occidentaux ont refusé de regarder en face.

C'est, d'ailleurs, pourquoi le concept de « France périphérique » a tant séduit la classe politique comme l'opinion publique. Les causes du désordre et leurs solutions y apparaissent simples et, surtout, elles entrent dans le cadre du postulat que je viens d'énoncer. Au fond, il suffirait que les retombées – ou les miettes – de la mondialisation, au lieu de ne bénéficier qu'aux banlieues (traduire : l'immigration maghrébine et africaine), arrosent également les Français de souche, devenus « Français périphériques », pour que tout le monde, enfin, soit heureux.

Dès lors, la solution saute aux yeux : il faut davantage de croissance quitte, pour y parvenir, à la gonfler à l'hélium de la dette au détriment des générations futures. Le plus extraordinaire, c'est que les Français de l'arrière-pays, ceux des villages et petites villes qui incarnent la frange « populaire », eh bien, ces Français-là se sont approprié le qualificatif de « périphérique », alors même qu'ils portent en eux ce qui fait le sel de l'identité française.

Alexis de Tocqueville, en fin observateur de la démocratie américaine naissante, identifia très vite ses forces mais aussi ses faiblesses, et chercha ce qui pourrait la

1. Jean Daniel, texte qui figure dans le recueil *Comment peut-on être français ?*, Les Belles Lettres, 2012.

protéger d'elle-même. Qu'est-ce qui amène les citoyens d'une démocratie à sacrifier leurs liens communautaires, à sacrifier leur liberté ? interroge-t-il. C'est leur repli sur la sphère privée, leur quête des « petits et vulgaires plaisirs » dont ils « emplissent leurs âmes ». Et il précise : « Chacun d'eux, retiré à l'écart, est comme étranger à la destinée de tous les autres. » Or, à l'heure des grands défis, que peut un individu isolé ? Rien, ou si peu.

La France est une société fragile. Une société qui, aujourd'hui encore, se révèle incapable de panser les plaies de son passé, même lointain. Mille et un signes en témoignent. Un exemple. Pour fustiger ceux qui s'inquiètent de la « décomposition française », Mona Ozouf en appelle à son histoire, celle des Bretons, et s'attaque à « l'intégrisme républicain ». Ce qui conduit à superposer la situation des Bretons confrontés à la République à celle de l'immigration des dernières décennies... On voit ainsi surgir régulièrement du passé des querelles et des affrontements que l'on pensait enfouis. Lorsque je siégeais au sein du Haut Conseil à l'intégration, j'ai pu constater à de nombreuses reprises à quel point la guerre opposant catholiques et anticléricaux est encore vivace. Les uns se battent pour enlever aux catholiques ce qu'il leur reste : crèche et sapin de Noël, jours fériés, et les catholiques pratiquants, tout à leur défiance envers la République, n'hésitent pas à défiler aux côtés des Frères musulmans lors de manifestations contre des réformes sociétales. Dans tous les cas, c'est la France qui se retrouve prise en otage.

Quelle ne fut pas ma surprise, lors de mon audition

sur le code de la nationalité par la mission parlementaire, d'entendre la députée de Paris Sandrine Mazetier démarrer sa charge contre mon exposé en rappelant des propos de Max Gallo. Dans la préface d'un ouvrage sur la Vendée et les Vendéens, Max Gallo écrit : « ... En fait, les soldats de Valmy et les Vendéens étaient les mêmes. » Pour Sandrine Mazetier, « c'est absolument faux ! ». Ah, la Vendée et ses Vendéens royalistes ! Après dix mois de guerre civile, il fallut pour les « pacifier » – comprendre, en venir à bout – leur envoyer les « colonnes infernales » qui mirent la Vendée à feu et à sang...

Comment un pays qui peine à oublier « les pages sombres de son histoire », pour reprendre l'expression d'Ernest Renan, et qui aujourd'hui encore abrite des Basques, des Bretons, des Corses, des Alsaciens, dont la volonté de se démarquer reste à fleur de peau, a-t-il pu se croire capable d'assimiler des millions de personnes arrivant d'anciens pays colonisés ? Des millions de personnes qui portent en elles un lourd contentieux historique avec la France ? Qui ont des racines culturelles et des pratiques sociales parfois antinomiques avec celles de la France ? Face à cette réalité, comment ne pas admettre que la conjugaison des identités est extrêmement aléatoire ? Il y a dans le refus obsessionnel de débattre de ces questions quelque chose qui, pour moi, dépasse l'entendement.

Au-delà de la France, l'Europe aussi se révèle un continent fragile, où le souvenir des rivalités qui ont engendré des guerres demeure vif. Il suffit d'un différend entre Français et Britanniques pour que resurgisse la métaphore de « perfide Albion », Albion, ce nom qui avait cours dans l'Antiquité. Quant au procès en perfidie, sa trace remonterait au XVII^e siècle, sous la plume de Bossuet, et ferait référence à la bataille d'Azincourt, en 1415, durant laquelle une bonne partie de la noblesse française fut décimée par les Anglais. L'Antiquité, 1415, 2022, le temps s'en est allé, « perfide Albion » est restée !

Les pays européens, dont les peuples sont pourtant si proches culturellement, se sont révélés incapables de dépasser leur histoire conjointe. D'où la persistance d'une défiance mutuelle entre les États membres de l'UE, d'où l'extrême difficulté de l'Europe à se forger une communauté de destin, laquelle est pourtant un impératif de survie dans notre monde globalisé. Et ce sont ces mêmes nations qui se sont lancées à corps perdu dans l'accueil massif de flux migratoires arrivant de contrées avec lesquelles ils n'ont quasiment rien en commun du point de vue historique et culturel ! Cela aussi dépasse l'entendement.

Connaître ses forces et ses propres faiblesses constitue un formidable atout, un atout majeur. Admettre que certains puissent penser différemment, puissent concevoir une tout autre hiérarchie entre d'une part les biens matériels et d'autre part l'identité du groupe ou la culture communautaire, constituerait un grand pas.

Depuis des décennies, le débat est congelé. Depuis des décennies, les Français d'origine comme les Français issus de l'immigration qui ont fait le choix de l'assimilation sont les victimes, les otages, de cette indifférence, de cet égoïsme et de cette lâcheté du pouvoir politique. Ce constat est celui de la réalité, de la vérité. Nous avons tous, Français de souche ou immigrés assimilés, été dupés par le manque de lucidité, de courage de nos dirigeants. Nous sommes les dindons d'une farce qui, hélas, pourrait s'achever en tragédie.

Deux questions, au moins, devraient s'imposer d'elles-mêmes pour guider notre réflexion et nos décisions : quelle est la capacité d'insertion et d'intégration de la société d'accueil, et de quelle capacité d'intégration-assimilation les nouveaux migrants disposent-ils eux-mêmes ? Quels sont les effets, sur la qualité de la vie commune, des politiques fondées sur la culpabilisation et la repentance ?

Voilà plus de quarante ans que polémiques et outrances participent à rendre inflammable, et donc impossible à traiter, le triptyque « immigration-intégration-assimilation ». Le déni du réel des uns a fini par doper le racisme des autres. Pourtant, il faudra bien se résoudre à prendre à bras-le-corps ces épineuses problématiques. Surtout, ne pas baisser les bras. L'objet de ce livre est de tracer des voies. En se tenant loin de l'ethnoracialisme, signature du racisme, dans lequel, peu à peu, la France et l'Europe plongent sous nos yeux.

Parmi les nombreux problèmes qui m'ont conduite à intervenir dans cette campagne, il y a la vitesse avec laquelle l'exclusion s'est répandue par le choix des prénoms. Cela m'a fendu le cœur de réaliser qu'à la fin des fins, on puisse demeurer, quoi qu'on fasse, des « bougnoules ». D'autant que cette exclusion par les prénoms a été portée par de nombreux médias.

Il est pourtant tellement évident que la France n'a

guère de chances de s'en sortir en s'amputant de ceux qui l'aiment. Mais que les Occidentaux ne trouvent point là une échappatoire pour se placer bien à l'abri en deuxième ligne : plus ils renvoient l'image de pleutres, et plus ils aggravent leur situation !

Ce serait une erreur que de balayer d'un simple revers de main cette querelle sémantique qui s'impose en force dans le débat public. Tout au contraire, il convient de s'interroger sur ce que cela révèle de la société française. La faute première en incombe à ceux que j'ai baptisés « les élites de commandement », toutes celles qui détiennent, ou ont détenu, une part du pouvoir de décision. Dire qu'elles n'ont pas agi comme on l'entend souvent est faux. Elles ont agi et n'ont pas été inactives mais ont pris les mauvaises décisions, et c'est bien pourquoi nous en sommes là. Si la préservation de la cohésion nationale avait primé, certains partis, certains polémistes n'existeraient pas. Le dernier en date est tout à la fois un symptôme, un révélateur et une conséquence. Cela fait beaucoup pour un pays au bord de la crise de nerfs.

# I.

# La querelle des prénoms, un prétexte

C'est votre prénom qui est une insulte à la France. La France n'est pas une terre vierge. C'est une terre avec une Histoire, avec un passé. Et les prénoms incarnent l'Histoire de la France. Ainsi s'exprime le journaliste Éric Zemmour, prenant à partie la chroniqueuse Hapsatou Sy lors de l'enregistrement d'une émission en septembre 2018. Ces propos, coupés au montage, sont très vite publiés sur la Toile et provoquent un débat enflammé.

Une question s'impose à moi, malgré moi. Qu'aurais-je fait si je m'étais retrouvée à la place d'Hapsatou Sy ? Je me sens pleinement concernée, visée et même attaquée, et tellement blessée ! Aurais-je, comme elle a su le faire, conservé le sourire ? Stéphane Simon, producteur de l'émission, justifie la coupure : « Ce n'était pas possible de laisser un échange aussi violent devant des centaines de milliers de personnes. Éric Zemmour flirtait avec la ligne jaune, il y avait un fort risque de condamnation juridique, c'est pour cela que nous avons fait notre travail en responsabilité (...). »

Force est de reconnaître le génie tactique de cette

approche par les prénoms, l'ethnie ou la race dont la puissance réside dans la facilité d'appréhension. Elle surfe sur un sentiment bien présent au sein de la société française et en exploite les inquiétudes palpables. Ce qui lui a permis d'infuser très rapidement dans les esprits, comme je l'apprendrai très vite, et à mes dépens, lors d'une assemblée d'intellectuels où je fus prise à partie en raison de mon seul prénom. Les masques tombaient. J'ai vu de près la laideur de la lâcheté chez la plupart des présents. Ils n'ont pas réagi.

Cela m'a littéralement sonnée. Mon long engagement à ouvrir les yeux des dirigeants politiques de souche – aux prénoms bien chrétiens – pour les empêcher de défaire encore un peu plus la France parlait pour moi. Manifestement, ce n'était pas suffisant. Je dois même dire que cela ne comptait pas. N'étais-je pas, au bout du compte, une adepte de la *taqiyya* ? La taqiyya, c'est l'équivalent de la fameuse devise du cardinal de Retz selon laquelle « on ne sort de l'ambiguïté qu'à son détriment » (devise très en vogue parmi l'élite française de souche et qui a souvent été, à tort, attribuée au Président François Mitterrand[1]).

Ainsi donc, mieux vaut porter les « bons prénoms » et desservir la France et son peuple que porter un prénom étranger et défendre la France et son peuple. Que fallait-il que j'en pense ? J'ai longuement songé au traitement infligé aux Harkis. J'étais révoltée, terriblement attristée mais me sentais vulnérable et impuis-

1. Hubert Védrine, « De quelques formules de ou sur François Mitterrand », 27 juillet 2015. https://www.mitterrand.org/de-quelques-formules-de-ou-sur.html

sante. Je n'ai rien dit. Je me suis enfermée dans ma coquille. J'ai décroché. Je m'en veux d'être restée silencieuse. Depuis ce jour, une forme de défiance s'est installée en moi. Mes sentiments pour la France n'ont pas changé, car je ne sais que trop bien à quel point la France se retrouve piégée, victime de ses propres élites mais aussi d'une part de son peuple. Cependant quelque chose en moi a changé. Je ne regarde plus les autres de la même façon. Je pense aux préjugés, aux aprioris, et surtout à l'insincérité et à l'hypocrisie des êtres. Le charme est rompu. L'insouciance a disparu. J'ai perdu confiance. La blessure est là, profonde, toujours ouverte, béante.

Ayons le courage de regarder la vérité en face. Au travers de cette querelle, ce ne sont pas tous les enfants de l'immigration qui sont visés. Ceux qui sont visés sont les enfants issus de l'immigration de familles musulmanes, ou identifiées comme telles. On en veut aux personnes. Non pas pour ce qu'elles ont choisi d'être et sont devenues, mais pour leurs origines, leur naissance. Nous sommes là face à la négation absolue du caractère dynamique de l'identité.

Zemmour n'a pas dit à Manuel Valls que ses parents auraient dû l'appeler Emmanuel. Pas plus qu'il ne s'est aventuré à dire à Malika Ménard, miss France 2010, que son prénom n'en faisait pas une Française. Car, ne nous voilons pas la face, c'est la question de la légitimité à prétendre à l'identité française qui est ici posée. La querelle n'est en réalité qu'un prétexte facile, sommaire, pour scinder le peuple en deux et épouser la vague d'une peur et d'une colère justifiées qui monte à présent partout. Cette querelle renseigne sur l'état de la société, et de l'angoisse existentielle qui s'est emparée d'une partie du peuple.

Il n'a pas non plus dit aux Séfarades qui portent des noms de famille arabes, depuis leur douloureux exil, qu'ils auraient dû franciser leurs noms. Pas plus qu'il n'a dit à ceux dont les ancêtres sont originaires de pays d'Europe de l'Est, de Russie, de Grèce ou d'ailleurs, et qui ont conservé des noms imprononçables et dont le commun des mortels peine à retenir l'orthographe, qu'ils auraient dû franciser leur nom de famille. Pourtant, le patronyme importe bien davantage que le prénom puisque c'est sur lui que repose tout arbre généalogique. Ce ne sont pas les Européens marqués, aujourd'hui encore, par leur long passé monarchique et qui se passionnent pour la généalogie qui pourraient dire le contraire. D'ailleurs, n'est-ce pas le patronyme qui présente de l'importance, comme le rappelle Michel Marian évoquant les personnes d'origine arménienne : « Je sais que, lorsqu'ils changent de noms, les autres Arméniens ont du mal à le supporter[1] » ? Michel de Montaigne abordait déjà cette question dans ses *Essais* : « Mais en vérité, ce qui est commode, c'est d'avoir un nom qui puisse se prononcer et mémoriser aisément. »

Dans *Qu'est-ce qu'une nation ?*, Ernest Renan, le grand penseur du XIX^e^ siècle, nous parle de la nation comme d'une « grande solidarité, constituée par le sentiment des sacrifices qu'on a faits et de ceux qu'on est disposé à faire encore ». On serait bien en peine d'identifier

1. « Répliques », émission d'Alain Finkielkraut, « Un génocide fait-il une identité ? », France Culture, 20 juin 2015.

les sacrifices consentis par nos compatriotes, de souche ou pas, pour tenter d'éviter à la France la situation où elle se trouve.

Quels sacrifices Zemmour a-t-il lui-même consentis ? Jusque dans ses choix intimes, il est resté cloisonné dans sa communauté de naissance. Or « l'échange des femmes est, lorsque deux groupes humains entrent en contact, un mécanisme anthropologique fondamental : s'il se produit, il implique une dynamique d'assimilation ; s'il est refusé, une trajectoire de ségrégation[1] ». Cette réflexion du démographe Emmanuel Todd relative à l'endogamie résume, à elle seule, l'extrême difficulté de l'assimilation.

Si l'on suit le raisonnement de Zemmour, le prénom fait l'identité. Chose surprenante, c'est donc de son identité française qu'il se défait en arrivant à la synagogue : « C'est comme moi, je m'appelle Éric, Justin, Léon. Mais, à la synagogue, je m'appelle Moïse. » Comme si, pour lui, ces deux identités n'étaient pas compatibles. Est-ce le drame de sa propre histoire familiale, celle des juifs séfarades qui durent quitter l'Algérie, qui l'a amené à vouloir régler un compte avec l'Algérie en instrumentalisant une part de l'histoire de France ? Cela semble manifeste lorsqu'on l'entend ressusciter et défendre le général Bugeaud. Comment peut-on parler de cette manière des enfumades de populations civiles ? De même lorsqu'il s'immisce dans les conflits entre Berbères et Arabes, en Algérie.

Pourquoi importer sur le sol de France des conflits liés aux origines en raison de blessures personnelles

1. Emmanuel Todd, *Le Destin des immigrés*, Le Seuil, 1994.

intimes ? C'est l'approche qu'enfourchent ceux que j'ai baptisés « matérialistes de la mémoire » et qui font continuellement procès aux Occidentaux en raison de l'histoire passée ; ils en espèrent un retour sur investissement.

Comme le soulignait Ernest Renan, une chose est sûre : pour former un même peuple et continuer d'exister en tant que nation, le nécessaire oubli des pages sombres de l'Histoire est une condition incontournable. Le peuple français a beaucoup à perdre à se laisser entraîner dans des querelles qui appartiennent au passé, que ce soit à propos de l'esclavage, de la colonisation ou encore de la collaboration.

C'est un fait : la plaie de la guerre d'Algérie n'a pas cicatrisé. Elle est restée à vif aussi bien du côté des gouvernants algériens – comme cela a souvent été dit – que de ce côté-ci de la Méditerranée où le renoncement à l'Algérie française n'a pas été digéré. Beaucoup de Français ont été témoins ou acteurs de ce drame, directement ou en qualité de descendants de Pieds-noirs. Je comprends le déchirement et la vive souffrance que ressentent les Pieds-noirs qui ont été brutalement arrachés à la terre de leur enfance. J'ai moi-même vécu une situation similaire. À l'aube de mes dix ans, j'ai été brusquement emmenée en Algérie et me suis retrouvée, du jour au lendemain et sans aucune préparation, déracinée de l'environnement français où j'étais née et où j'avais grandi. Ce sont des traumatismes dont on guérit difficilement et dont notre être conserve la mémoire. Mais il est à présent plus que temps d'admettre la complexité de la situation. Il n'est, ici, nullement question de repentance mais cette reconnaissance aiderait à panser les plaies et ouvrirait la voie à une signature de la paix aussi bien avec soi-même qu'avec les autres. Certes, sur le papier, l'Algérie était française mais, dans les faits, elle ne l'a jamais été ni dans son âme ni dans son esprit.

On ne peut demander des comptes sur un héritage, et encore moins sur une couleur de peau. Car la question aux relents racistes qui se cache sous bien des discours est en réalité la suivante : un « indigène », comme disaient ce qu'il faut bien appeler les colons, peut-il devenir culturellement français ? Il m'apparaît évident que le passé colonial joue un rôle. En témoigne la crispation que l'on sent parfois à fleur de peau envers les Algériens d'origine. Si les Français n'étaient pas autant aveuglés par la charge du passé, ils se focaliseraient davantage sur le présent qui est bien plus important. En effet, ce n'est pas l'Algérie qui est le premier pays contributeur du financement de la construction de mosquées sur le sol français. Des mosquées dont une part a joué un rôle certain dans le réenracinement religieux des familles issues de l'immigration. De même que ce ne sont pas des Algériens d'origine qui ont joué un rôle de premier plan dans la prise en main de l'islam en France par des organisations liées à la confrérie des Frères musulmans.

Si la thèse des prénoms a aussi largement infusé, non seulement au sein du peuple mais également dans les milieux intellectuels, des médias et la politique, c'est aussi parce qu'elle permet de minimiser la responsabilité des élites dans le délitement de la France pour la faire porter par les populations de l'immigration. Ces dernières n'ont pourtant fait que saisir les perches qui leur étaient tendues.

Plutôt que d'admettre ses erreurs et de s'atteler à rectifier la trajectoire, c'est donc la stratégie du bouc émissaire, en la figure de l'étranger, que le système semble désormais poursuivre, car comme l'analyse très justement Natacha Polony « le polémiste n'entend absolument pas faire "turbuler le système". Éric Zemmour veut au contraire se le concilier, en assurant les puissants qu'ils pourront dormir sur leurs deux oreilles[1] ». La question sous-jacente que Natacha Polony ne pose pas mais qui s'entend peut se résumer de la façon suivante : qui peut tirer profit de cette émergence soudaine dans le champ politique ?

La France des Lumières et du projet universaliste n'a pas su totalement convaincre. Subsiste en elle une part, et nul ne sait selon quelle proportion, de gens qui n'ont jamais renoncé à cette approche ethnique et raciale.

Si je ne me suis jamais posé la question de mon identité, c'est qu'elle a toujours été claire dans ma tête et dans mon cœur, pour reprendre l'expression de mes enfants. Avec mon époux et père de mes enfants, un Français de famille catholique, nous n'avons jamais ressenti de différences entre nous, aussi bien dans notre vie quotidienne que dans le cadre de notre vie professionnelle lorsque nous travaillions ensemble comme ingénieurs. Pensant être à l'abri de ce poison de la division, je me retrouvais à mon tour soupçonnée.

---

1. Natacha Polony, « Éric Zemmour, ce pur produit du système », *Marianne*, 23 septembre 2021.

Même s'ils tendent à disparaître, deux mots incarnent aujourd'hui ce refus de l'autre dans notre vie quotidienne.

« Bougnoule » est ainsi emprunté à la langue wolof où il signifie « noir ». Ce terme ethnique détourné apparaît en 1890 au Sénégal, dans le jargon de la marine et de l'infanterie coloniales, pour désigner péjorativement un « individu corvéable ». À partir des années 1930, dans le contexte colonial général, le mot se répand comme un terme raciste, injurieux. Il est toujours appliqué aux Noirs, mais aussi à d'autres étrangers colonisés comme les Vietnamiens, ou même à tous les « non-Blancs ». Par extension, à partir des années 1950, il finit par s'appliquer aussi aux populations colonisées d'Afrique du Nord, en particulier aux Algériens[1].

« Bicot », terme raciste, est l'aphérèse d'« arbicot », dérivé de *arbi*, arabe, terme injurieux adressé aux Maghrébins. *Arbi* date sans doute du milieu du XIX^e^ siècle ; c'est un emprunt des militaires de l'armée coloniale à l'arabe maghrébin, venu de l'arabe classique *arăbīyī*, arabe. Ce mot qui désignait les Maghrébins d'Algérie, dits en français Arabes, était à l'origine familier et condescendant, mais non injurieux. Son dérivé « arbicot », qui a disparu, a donné le terme raciste bicot[2].

La plupart des Français l'ignorent, mais de nombreux mots de la langue française viennent de la langue arabe et, pour reprendre Montaigne, ils se prononcent

1. Marie Treps, *Maudits mots*, éditions Tohubohu, 2017.

2. Alain Rey, *Dictionnaire historique de la langue française*, Le Robert, 2010.

à la française, s'écrivent à la française, et donc se mémorisent aisément. Amiral se dit *emir al bahr* en arabe et signifie « prince de la mer ». De même en est-il pour des mots de tous les jours comme, par exemple : hasard ; abricot ; sirop ; sorbet ; girafe ; magasin ; magazine ; alchimie ; ou encore le fameux « zob » de l'humoriste Charline Vanhoenacker. Selon Henriette Walter, « on peut proposer un moyen simple pour reconnaître l'origine arabe d'un grand nombre de mots français : la présence de la syllabe al- au début du mot, qui n'est autre que l'article défini *al* (« le », « la ») ; les mots alambic, alcool, alcali, alcôve, alezan, algèbre, algorithme, etc.[1] ».

C'est à l'âge de dix ans, en arrivant en Algérie, que mon apprentissage de l'arabe commence à l'école. Au quotidien, tant que nous résidions en France, mes parents nous parlaient uniquement en français, tout comme les parents de Robert Badinter refusaient de lui parler russe pour ne s'exprimer avec lui que dans la langue de Molière : « Nous vivons en France, nous devons parler français, même à la maison[2]. » S'efforcer de parler la langue de l'école au sein du foyer familial, même si on ne la maîtrise pas, c'est bien là le minimum que des parents puissent faire pour rendre service à leur enfant, aussi bien pour faciliter sa réussite scolaire que son insertion dans la société puis, plus tard, l'insertion dans le monde économique. Lorsque les parents font l'effort de parler la langue du pays d'accueil avec

1. Henriette Walter, *L'Aventure des mots français venus d'ailleurs*, Robert Laffont, 1997.

2. Robert Badinter, *Idiss*, Fayard, 2018.

leur enfant, cela permet aussi, et ce n'est pas anodin, de l'aider à se construire des attaches affectives avec cette terre d'accueil.

La langue arabe est demeurée pour moi une langue étrangère. Je la parle moins bien que la langue anglaise, mais cela n'a pas empêché que me soit parfois reproché un arrière-fond d'accent arabe. Née à Marseille, j'ai grandi dans un quartier résidentiel de l'arrière-pays de l'Estaque, dont Cézanne aimait accrocher la beauté des paysages à ses toiles. Je traîne, il est vrai, un reliquat de l'accent chantant de la Provence, mêlé d'une petite touche arabe qui parfois s'invite. Nul ne reproche à Jane Birkin ni son prénom étranger ni son accent qui laisse penser, des décennies après son arrivée, qu'elle vient tout juste de débarquer de Grande-Bretagne !

Sans la France, je suis apatride. Je ne suis pas binationale. Je fais partie de tous ceux qui ne sont *que* franco-français ou franco-rien d'autre. La France gouverne mon cœur et commande mon esprit même si elle est, malgré elle, associée à de nombreux sacrifices. Les uns consentis, les autres subis. Comme le résume joliment la chanson, on ne choisit pas les trottoirs de Manille, de Paris ou d'Alger pour apprendre à marcher. Par contre, on peut et on se doit d'exiger des comptes sur le présent et ce que l'on en fait, car « les actes des hommes sont les meilleurs interprètes de leurs pensées » (John Locke). Cela vaut pour tous, sans distinction d'origine.

Mon époux m'a connue cheveux frisés comme un mouton. Voilà des années que je ne sors plus sans que mes cheveux soient lissés – tant bien que mal. Toujours ce souci de passer inaperçue, de n'être « repérée » ni par les uns ni par les autres. Les uns, parce qu'ils sont parfois tentés de rejeter l'autre de manière épidermique. Et les autres, parce qu'ils se sentent détenteurs de droits particuliers sur toute personne censée appartenir à leur communauté de par sa seule naissance ; et donc investis d'une obligation fraternelle qui a pour finalité de lui éviter de « s'égarer », et qui les autorise à s'immiscer dans ses choix de modes de vie.

En la matière, il n'existe guère de distance interpersonnelle, comme cela peut exister en Occident ou dans quelques cultures d'Asie. L'intégration culturelle se lit aussi au travers de l'harmonisation de ces distances. Autre exemple vécu : lorsque je me trouve dans des boutiques, il m'arrive de noter que l'accueil sonne « désagréable ». Cela n'a pas toujours été ainsi et signe une dégradation du climat ambiant. Il suffit que mon mari me rejoigne pour que le ton, aussitôt, change et se fasse aimable. Je parle correctement le français, suis habillée à l'occidentale, me conduis à l'occidentale, et pourtant je me retrouve confrontée à des situations inqualifiables... Le prix pour être reconnu comme « assimilé » semble bien trop élevé. Dans de telles conditions, il est naturel que des enfants de l'immigration, y compris ceux qui s'étaient engagés dans cette voie de l'assimilation, finissent par y renoncer.

Se retrouver attaqué pour des décisions que l'on n'a pas prises ou qui n'étaient pas ordonnées, ou encore à raison de son faciès, est insupportable. Pareilles injustices n'iront pas sans séquelles. Ceux des enfants de l'immigration qui auront choisi de s'engager dans la voie de l'assimilation et se retrouveront mis à l'index de la sorte et délégitimés en viendront à cultiver de la méfiance et finiront par hésiter. Finalement, le jeu en vaut-il la chandelle ? La question est ouverte. Quant à ceux qui rejettent l'intégration culturelle et sont habités d'un mépris et parfois même d'une haine de l'Occident, ils trouveront là matière à une justification et pourront aisément être cueillis par des mouvements intégristes ou fondamentalistes qui ne cessent de grignoter du terrain. C'est ainsi que l'on alimente le séparatisme que l'on prétend vouloir endiguer.

C'est de la division que naissent faiblesses et vulnérabilités. Bien sûr, il ne s'agit pas de reprendre à mon compte l'incantation stérile des politiques au sujet du rassemblement des Français, puisque le rassemblement ne peut se faire sans conditions. Mais qu'on me permette de me citer : « Je vous le dis clairement, je rencontre aujourd'hui des personnes issues de l'immigration qui portent beaucoup plus haut les principes et les valeurs de la France que d'autres qui les ont hérités et qui les mettent eux-mêmes en danger, parce qu'ils passent leur temps à les accommoder et à vouloir que nous renoncions à ce socle identitaire[1]. » Celles et ceux qui ont mené la France dans la zone de turbulence que nous traversons portent tous des prénoms dits chrétiens. Certains parmi eux assistent même à la messe. Nul ne leur dénie leur appartenance.

Je ne suis pas opposée à la francisation des prénoms et des noms de famille au moment de la délivrance ou l'octroi de papiers d'identité. Ce qui m'importe au plus haut point, c'est que l'on sorte de l'hypocrisie de confort et que le jeu devienne enfin honnête,

---

1. Extrait de mon audition par la mission parlementaire sur le code de la nationalité, Assemblée nationale, 9 février 2011.

avec des règles transparentes. Sur le plan humain, il conviendrait simplement d'accorder un peu de temps aux individus, probablement le temps de deux générations. En effet, dans toute famille, les enfants se sentent plus tenus vis-à-vis de leurs propres parents que de leurs grands-parents. En la matière, le temps qui s'écoule et la distance affective constituent des éléments déterminants qu'il convient de prendre en considération.

En vérité, il n'y a pas vraiment de raison qui s'oppose à ce que demain l'on voie apparaître des Marie voilées, ou même en burqa. En islam, les recommandations sur les prénoms sont assez simples. Ce qui importe avant tout, c'est le sens du prénom qui doit être beau. Aussi, les prénoms dont la signification renvoie à une mauvaise action qui risquerait de rejaillir sur l'enfant doivent être écartés. Pour le reste, tout est permis exception faite de ceux qui servent de qualificatifs à Allah lui-même, et ceux qui exprimeraient que la personne est au service d'un autre que Dieu. D'ailleurs, Marie est déjà largement utilisé sous la forme de Maryam, Myriam, Miriam, Miryam, Mariam ou encore Meryem. Marie est la mère de Jésus, prophète qui détient une place importante dans l'islam. Beaucoup d'Occidentaux confondent Arabes et islam alors que les Arabes sont minoritaires au sein du monde musulman et que, de ce fait, de nombreux musulmans ne portent pas de prénoms arabes. C'est dire à quel point les réflexions simplistes et binaires doivent être rejetées, tant elles participent à créer un climat de tension et de crispation qui empêche de traiter au fond tous ces sujets si importants pour le devenir de notre société.

Le choix des prénoms dans une liste préétablie n'est pas exigé par l'État, ni au moment de l'acquisition de la nationalité française, ni même au moment de la naissance d'un enfant lorsqu'il est déclaré à l'état civil. Pour les parents, les prénoms qu'ils donnent à leurs enfants portent en eux une signification. Ils sont souvent chargés d'émotion. Parfois, ils rappellent le souvenir d'un être cher. Ils peuvent aussi revêtir une musicalité qui sonne agréablement à l'oreille des parents. Bien sûr, comme je l'exprimais lors de mon audition par la mission sur le code de la nationalité, ils renseignent aussi, mais pas toujours, sur la trajectoire dans laquelle les parents souhaitent inscrire leurs enfants. Ce qui ne signifie pas que ces derniers en resteront irrémédiablement prisonniers. Jamais mon père n'avait envisagé, ne serait-ce qu'un instant, qu'une fois adultes quelques-uns des enfants de sa lignée opteraient pour l'assimilation française. Aussi, en vertu de quel principe aurait-il dû renoncer à nous donner des prénoms selon son seul bon vouloir ? Son choix de donner des prénoms arabes à ses enfants était légitime.

Mes parents étaient des gens honnêtes et respectueux de leur environnement. Tant que nous vivions en France, ils ont veillé à nous éduquer dans le respect de ses usages et de ses traditions. L'horloge biologique avançant, ils ont souhaité que leurs enfants apprennent à vivre à l'heure arabo-musulmane. De ce fait, ils ont quitté la France pour s'établir sur la terre de leurs ancêtres. En novembre 2020, j'appris qu'ils étaient en réalité tous deux berbères. Ils ne le savaient pas et ont quitté ce monde en se pensant arabes.

# II.

# Et si c’était la misogynie qui expliquait tout ?

Et si c'était la misogynie qui primait dans une grande partie des élites et de notre société ? Cette question est importante, car elle a une incidence directe sur la manière dont a été appréhendé – ou pas – le sujet de l'immigration-intégration-assimilation.

Ayons la lucidité et le courage de nous poser cette question de manière dépassionnée : la réaction des sociétés occidentales, à commencer par sa classe supérieure, aurait-elle été différente si les flux migratoires s'étaient accompagnés d'une remise en question du statut des hommes et d'atteintes à leur liberté, plutôt que de s'accompagner d'une remise en question du statut des femmes et de leur liberté ? Il n'y a là, à mes yeux, pas l'ombre d'un doute.

Éric Zemmour – le revoilà ! – se dit ainsi convaincu que le prédicateur Tariq Ramadan « a été piégé » dans l'affaire des viols dont il a été accusé, puis mis en examen. Il verse de grosses larmes : « J'ai eu un choc lorsque j'ai aperçu Ramadan sur mon écran de télévision, à sa sortie de prison, les cheveux blanchis, la mine défaite, la voix cassée d'un vieillard. » Il avoue même avoir eu « honte pour Bourdin (BFMTV) » et avoir « à cet instant pris en pitié sa victime ». Peut-on se lamenter sur le péril islamiste – un défi civilisationnel – et, en même temps, éprouver une telle compassion envers l'un de ceux qui l'incarnent ? Tout cela paraît extrêmement troublant. Tariq Ramadan est celui-là même qui avait appelé à un « moratoire » sur la lapidation des femmes, lors d'un débat qui l'opposait à Nicolas Sarkozy sur France 2[1].

La solidarité liée à la « virilité » fait-elle passer les autres sujets au second plan ? Je le crois[2]... N'est-ce vraiment que l'expression d'une simple « cordialité orientale », pour reprendre l'explication d'Éric Zemmour, qui l'amène à conclure ses messages au prédicateur par des « amitiés » et « embrassade » ? Dans l'un de ces messages exhumés par les services de police, il est question de virilité : « J'aime nos débats francs et virils comme des matchs de foot. Amitiés. Embrassade[3]. »

On a découvert, en décembre 2018, qu'il échangeait des messages chaleureux avec Tariq Ramadan. Voilà qui n'est pas anodin, car Tariq Ramadan n'est pas n'importe qui. Il a prêché durant de longues années dans les banlieues de l'immigration musulmane, et Éric Zemmour le sait parfaitement puisqu'il l'écrit dans son dernier livre :

---

1. « 100 minutes pour convaincre », France 2, 20 novembre 2003.

2. Voir Malika Sorel-Sutter, « Ces passages extrêmement graves à propos de DSK et Tariq Ramadan dans le livre d'Éric Zemmour », *Marianne*, 28 septembre 2021.

3. « Affaire Tariq Ramadan : les enquêteurs ont retrouvé... ses messages téléphoniques chaleureux avec Éric Zemmour », *Journal du Dimanche*, 1er décembre 2018.

« Tariq Ramadan est l'homme qui avait sans doute le plus fait, dans les années 2000, pour la réislamisation de la jeunesse maghrébine de nos banlieues. » Il suffit de lire Mohamed Louizi (auteur du livre *Pourquoi j'ai quitté les Frères musulmans*) ou Gilles Kepel pour comprendre à quel point l'idéologie propagée a imprimé sa marque dans les questions d'intégration et d'assimilation.

Petit-fils du fondateur de la confrérie des Frères musulmans, Tariq Ramadan a été couvert de louanges par le Cheikh Youssef Al-Qaradawi, prédicateur frère musulman de la chaîne qatarie Al-Jazira, dont les prêches ont joué un rôle important dans la radicalisation d'une partie des populations musulmanes à travers le monde, y compris des diasporas, ainsi que dans la déstabilisation du monde arabo-musulman. Et justement, cela nous concerne, car nous en payons les conséquences ici, dans les sociétés occidentales.

Rien ne semble avoir choqué, pas même ses propos sur la femme-butin : « Dans une société traditionnelle, l'appétit sexuel des hommes va de pair avec le pouvoir ; les femmes sont le but et le butin de tout homme doué qui aspire à grimper dans la société. » Des femmes en guise de récompense ? C'est cette même promesse qui enthousiasme les djihadistes et autres terroristes, comme l'évoque le juge anti-terroriste Marc Trévidic[1]. Ces terroristes que Zemmour affirme respecter : « Et je respecte des gens prêts à mourir pour ce en quoi ils croient, ce dont nous ne sommes plus capables[2]. » Les journalistes

1. Marc Trévidic, *Terroristes*, J.-C. Lattès, 2013.

2. « Zemmour le Gaulois », propos recueillis par Daoud Boughezala, Élisabeth Lévy et Gil Mihaely, *Causeur*, octobre 2016.

de *Causeur* lui demandent de préciser sa pensée : « Vous respectez des gens qui roulent en camion sur des enfants ? Qui tuent des journalistes parce qu'ils ont représenté leur prophète ? Vraiment ? » L'entretien se déroule au printemps 2016, les références évoquent l'attentat de Nice du 14 juillet 2016 (86 victimes) et celui qui a décimé la rédaction de *Charlie Hebdo,* le 7 janvier 2015. Et le polémiste d'enfoncer le clou, dans une saisissante absence d'empathie : « Pardon de vous chagriner, mais l'Histoire, c'est ainsi, des innocents meurent parce qu'ils sont dans le mauvais camp, ou au mauvais endroit au mauvais moment. Et, oui, quand des gens agissent parce qu'ils pensent que leurs morts le leur demandent, il y a quelque chose de respectable. Et en même temps de criminel et de mauvais, c'est ainsi, les humains sont complexes. »

Dans *Le Premier Sexe,* il impute déjà tous les malheurs de la France à la femme, un peu comme les religions qui la rendent responsable de la perte du Paradis et en ont fait un souffre-douleur. C'est bien connu, la femme porte en elle le péché originel ! Selon Zemmour, la féminisation est responsable de la stagnation économique et intellectuelle : « On explique en général la stagnation intellectuelle et économique de l'Europe par le vieillissement de sa population. Mais Cervantes écrivit *Don Quichotte* à soixante-quinze ans et de Gaulle revint au pouvoir à soixante-huit, et le chancelier allemand Adenauer à plus de soixante-dix. On ne songe jamais – ou on n'ose jamais songer – à sa féminisation. » Les femmes françaises seraient même responsables des bas salaires, et la meilleure preuve qu'il en donne, c'est qu'« en Allemagne comme au Japon, où le travail des femmes reste mal considéré, et marginal, les salaires sont élevés. Au Japon, on préfère travailler jusqu'à soixante-dix ans plutôt que de faire appel à de la main-d'œuvre immigrée ou féminine ».

En Allemagne, le travail « marginal » des femmes n'a pas pour autant permis à ce pays d'enrayer le déclin démographique qui fait planer de lourdes menaces sur un pays dont la chancelière, tant admirée par des femmes politiques françaises qui la prennent pour modèle, n'aura pas su prendre les mesures adéquates pour relancer la natalité, lui préférant, en guise de « solution », l'accueil de nouveaux flux migratoires.

Éric Zemmour ne fait pas mystère de ses sentiments envers les « Arabes ». Dans la hiérarchie qu'il établit, il place les femmes encore en dessous : « Dans ce bras de fer entre le travail et le capital, ce dernier gagne parce qu'il humilie le travail, l'humilie deux fois, en montrant à ces "machos" blancs français, si fiers de leur savoir-faire, de leur combativité, que l'histoire de France, depuis la Révolution, a sacralisée, que des Arabes et même des femmes peuvent accomplir le même labeur qu'eux[1]. »

Dans *La France n'a pas dit son dernier mot*, l'auteur dédouane également la tentative de viol de Dominique Strauss-Kahn – c'était l'un des sept chefs d'accusation retenus par un tribunal new-yorkais. Alors qu'il relate son déjeuner avec Jean-Christophe Cambadélis, il en vient à réduire cet horrible acte à une « ridicule affaire ancillaire », faisant au passage le parallèle avec « Karl Marx qui avait, lui, engrossé la bonne ». On retrouve ici le même mépris de classe qui habitait les élites de

1. Éric Zemmour, *Le Premier Sexe*, Denoël, 2006.

l'Ancien Régime. Mais Éric Zemmour dit y voir « la confirmation de cette "féminisation de la société" contre laquelle je m'étais élevé dans un de mes livres » (il s'agit du *Premier Sexe*). Et de poursuivre : « DSK, menottes derrière le dos entre deux *cops* new-yorkais, marchant tête baissée, c'est un renversement de mille ans de culture royale et patriarcale française. C'est une castration de tous les hommes français. »

L'existence et surtout le rôle de cette misogynie qui persiste dans le milieu des élites n'avaient pas échappé au journaliste Éric Conan qui s'en était offusqué au moment de la publication de *Soumission* de Michel Houellebecq : « Enfin, Houellebecq commet une troisième erreur, une invraisemblance encore plus invraisemblable : penser que les femmes se laisseraient enfermer, bâcher et "polygamiser" dès 15 ans aussi facilement qu'il le décrit dans son roman qui évoque leur soumission sans incident ou opposition : "Celles qui étaient suffisamment jolies pour éveiller le désir d'un époux riche avaient au fond la possibilité de rester des enfants pratiquement toute leur vie. Peu après être sorties de l'enfance elles devenaient elles-mêmes mères, et replongeaient dans l'univers enfantin. Leurs enfants grandissaient, puis elles devenaient grands-mères, et leur vie se passait ainsi." Il est significatif que cette énormité d'une soumission féminine automatique soit la moins relevée par tous ces mâles critiques si vigilants. Peut-être parce qu'ils partagent cette misogynie de beauf très houellebecquienne ("une épouse de quarante ans pour la cuisine, une de quinze ans pour d'autres choses...") qui leur permet de gober ce scénario que n'accepteraient pas les femmes. Ni de nombreux hommes[1]. »

La misogynie de l'Occident a des racines profondes, nous dit de son côté l'historienne britannique Mary Beard. La professeur de littérature ancienne à l'université de Cambridge et à la Royal Academy of Arts de Cambridge a remonté le cours de deux mille ans d'histoire occidentale. Elle a décortiqué les mécanismes, profondément enracinés dans la culture occidentale, qui imposent le silence aux femmes et les empêchent d'être prises au sérieux, ce que l'on peut observer et mesurer aussi bien à l'intérieur des familles que dans le monde des entreprises, de la politique ou des médias.

Pour Mary Beard, « le monde des anciens Grecs et des anciens Romains aide à éclairer le nôtre. Quand il s'agit d'imposer le silence aux femmes, la culture occidentale s'appuie sur une pratique vieille de plusieurs millénaires[2] ». Dans l'*Odyssée* d'Homère, elle retrouve ce passage dans lequel Télémaque intime le silence à sa mère Pénélope : « Mère, retourne dans tes appartements, reprends tes travaux, ta toile, ta quenouille (...) discourir est l'affaire des hommes, de tous les hommes, mais surtout de moi qui détiens le pouvoir dans cette maison. » C'était il y a trois mille ans.

Ce que j'ai pu observer dans le monde politique, ce monde qui commande et réglemente notre vie

1. Éric Conan, « Les trois erreurs de Houellebecq », *Marianne*, 7 janvier 2015.

2. Mary Beard, *Les Femmes et le Pouvoir*, traduit de l'anglais par Simon Duran, Perrin, 2018.

quotidienne, c'est que la promotion des femmes mise en œuvre pour leur venir en aide est une gigantesque farce. En effet, celles qui ont su en tirer profit sont le plus souvent des « filles de », « petites-filles de », ou des « femmes de ». Et comme cela fut le cas sous l'Ancien Régime, la filière « courtisanes » a subsisté. La seule voie d'ascension qui soit véritablement nouvelle est celle de la « diversité ». Les femmes qui grimpent dans la hiérarchie en raison de la seule méritocratie ne sont pas majoritaires. Les autres grossissent les rangs des dindons de la farce d'une discrimination positive que beaucoup applaudissent de leurs deux mains, ignorant qu'elle ne les concerne pas et sera sans effet aucun sur leur existence propre. Il faut rompre avec la résurgence de pratiques héritées de l'Ancien Régime qui entravent la fluidité, concourent grandement à bloquer l'ascenseur social et nourrissent ainsi le défaitisme.

Éric Conan a plus que raison de rappeler qu'aujourd'hui de nombreux hommes constituent de précieux alliés pour les femmes et non des ennemis, comme certains voudraient nous amener à le penser.

La misogynie peut tout aussi bien être le fait de… femmes. Dans toutes les sociétés, les femmes ont, pour nombre d'entre elles, adhéré à un ordre social qui pourtant a pu les défavoriser. Elles-mêmes jouent parfois un rôle dans la préservation de cet ordre. D'ailleurs, partout à travers le monde, ce sont le plus souvent les mères qui éduquent et transmettent les codes sociaux et moraux et assurent ainsi la reproduction d'un système dur et injuste envers les femmes.

Dans les sociétés musulmanes, c'est la mère – et non le père comme le pensent les Occidentaux – qui joue le rôle de gardien du temple, car il existe un précepte éducatif structurant et fondateur selon lequel c'est à ses pieds que se trouve le paradis. C'est dire la position qu'elle occupe et qui n'avait pas échappé à l'ethnologue Camille Lacoste-Dujardin qui a étudié les structures familiales du Maghreb. Et c'est ainsi qu'elle a mis en lumière « comment, dans une société patrilignagère et patriarcale, de domination affirmée des hommes sur les femmes, une catégorie de femmes, les mères de garçons, avaient pu jouer le rôle de grandes prêtresses de cette domination des hommes et de l'oppression des femmes[1] ».

Que deviennent ces représentations dans le contexte migratoire actuel ? Deux sociologues, Horia Kebabza et Daniel Welzer-Lang, se sont penchés sur le sujet, mettant en exergue le fait que « la question du contrôle des femmes par les hommes n'est pas seulement une affaire privée, c'est un acte social dont les hommes ont à répondre devant leur communauté tout entière. Il existe une pression sociale sur les hommes qui ne savent pas "tenir leurs femmes", et par ricochet sur les mères qui ne savent pas "tenir leurs filles". Ce sont les mères, véritables agents de "dressage", qui sont chargées de ce travail[2] ».

---

1. Camille Lacoste-Dujardin, *Des mères contre les femmes. Maternité et patriarcat au Maghreb*, La Découverte, 1985.

2. Horia Kebabza, Daniel Welzer-Lang, « Jeunes filles et garçons des quartiers : une approche des injonctions de genre », Délégation interministérielle à la Ville, septembre 2003.

Les femmes doivent prendre conscience du fait qu'elles détiennent en main une part de la solution pour mettre un terme aux inégalités et discriminations dont elles sont victimes. Aussi, dans toute situation, il convient de ne pas cliver sur le genre mais tout au contraire de s'atteler à bâtir une troisième voie où des femmes et des hommes jetteront ensemble les bases d'un rassemblement qui dépasse des catégories qui se révèlent inappropriées et contre-productives.

La misogynie des sociétés occidentales est donc une grande faiblesse. C'est elle qui les a empêchées de réagir promptement sitôt que leurs modalités de vie commune se sont trouvées contestées par des immigrés dont certaines traditions se révélaient « contraires aux traditions de la société du pays d'accueil », pour reprendre les termes exacts du rapport de 1987 du Comité des ministres aux États membres de l'Union européenne sur les relations intercommunautaires.

En France comme en Occident, les acquis des femmes demeurent fragiles. Il est donc des circonstances où la misogynie peut constituer un redoutable trait d'union. Il n'y a finalement pas lieu de s'étonner de la fulgurance avec laquelle des valeurs traditionnelles venues d'ailleurs ont pu y progresser.

« N'oubliez jamais qu'il suffira d'une crise politique, économique ou religieuse pour que les droits des femmes soient remis en question. Ces droits ne sont jamais acquis. Vous devrez rester vigilantes votre vie durant. » Simone de Beauvoir avait tout dit.

# III.

# Vous avez dit Français ?

Que faut-il donc pour être considéré comme pleinement français ? S'il est une réponse que l'on a souvent entendue, c'est celle mise dans la bouche du général de Gaulle par Alain Peyrefitte, qui parle d'« Européens de race blanche, de culture grecque et latine et de religion chrétienne ». Cette définition, d'une simplicité biblique, avait tout pour séduire une opinion publique qui rêve de voir les problèmes anxiogènes d'identité disparaître d'un coup de baguette magique.

Ces attaques basées sur une logique ethnique blessent ceux qui se sentent appartenir à la France ; les autres s'en moquent éperdument. Ces approches sont simplistes, toxiques mais aussi contre-productives. Au lieu de servir la France, elles la desservent dans un moment où la France a un besoin vital de l'engagement plein, entier et désintéressé de tous ses enfants. Par ses enfants, j'entends ceux qui, par-delà des différences, se rejoignent pour l'aimer, la défendre et œuvrer à sa survie. Le défi est de taille.

Se définir comme « Blanc » face aux racisés et indigénistes est plus que révélateur du fait que l'on peut aujourd'hui encore en France se vivre en tant que race. On ne peut qu'être surpris de la rapidité avec laquelle cette vision datée d'un partage du monde est réapparue pour s'imposer très vite dans le débat public. Invoquer les attaques que l'on subit en tant que « Blanc » ou « chrétien » pour justifier la résurgence de cette vision que l'on pensait périmée mais dont les ancrages semblent finalement encore profonds paraît une excuse bien légère.

Pour l'historien Jean-Paul Bled, directeur de la revue *Études gaulliennes*, de Gaulle ne peut être rendu comptable de cette citation, il suffit de l'écouter pour s'en convaincre : « La culture domine tout, elle est la condition sine qua non de notre civilisation d'aujourd'hui, comme elle le fut des civilisations qui ont précédé celle-là[1]. »

Le 10 janvier 1959, sur la photo du premier gouvernement de la Vᵉ République voulue par le Président de Gaulle figure une seule femme. Elle s'appelle Nafissa Sid Cara[2], porte un prénom arabe et se présente comme musulmane. Quant à Gaston Monnerville, né en Guyane, il fut président du Conseil de la République de 1947 à 1958 puis président du Sénat de 1958 à 1968. C'est à la restauration de cette France-là, celle du seul mérite et de la performance, qu'il faut s'atteler.

1. Charles de Gaulle, Maison de la culture de Bourges, 1965, cité par Christophe Tardieu et David Lisnard dans *La culture nous sauvera*, Éditions de l'Observatoire, 2021.

2. Philippe Goulliaud, https://www.charles-de-gaulle.org/blog/2021/03/24/nafissa-sid-cara-pionniere-de-lislam-republicain-par-philippe-goulliaud/

Qu'est-ce qu'être français ? C'était l'objet de la mission parlementaire d'information sur le droit de la nationalité de 2011, présidée par Manuel Valls qui m'avait auditionnée. Le contenu de mon audition que je livre en annexe, ainsi que les échanges qui ont suivi avec les députés, montre que mon analyse et mes recommandations sont plus que jamais d'actualité. Si la réforme du code de la nationalité avait été accomplie, elle aurait permis de crever l'abcès, une fois pour toutes, et de repartir sur des bases saines afin de préserver le bien le plus précieux qui soit pour toute nation : sa cohésion nationale ; en bref, sa paix civile.

Dans la revue *Le Débat*, dont il est le fondateur, le philosophe Marcel Gauchet m'avait décrite comme « la seule à s'être préoccupée de comprendre le processus d'intégration et à mettre en lumière les conséquences ravageuses qu'entraîne la méconnaissance des données de base de ce processus ». Je n'ai eu de cesse d'expliquer, au sein du monde politique, les raisons qui faisaient de l'intégration un processus à l'issue non prédictible, et de l'assimilation un choix qui ne pouvait être autre que librement consenti, et qu'il fallait bien sûr en tirer les conséquences. Je n'ai pas été entendue.

## Principe de précaution

Il est naturel que, dans une société, chaque groupe soit habité du désir d'assurer sa continuité, et cela passe par la transmission de son propre idéal de vie. La culture se traduit au quotidien par un ensemble de comportements communs aux membres du groupe.

Mais la culture n'est pas figée, elle aussi change et évolue dans le temps.

Chaque communauté humaine tire sa force de sa taille et sait qu'elle n'a guère intérêt à abandonner ses membres présumés ou à les laisser lui échapper.

Aussi, pour donner toutes ses chances à l'assimilation, il convient, en tout premier lieu, de veiller à ne pas d'emblée la rendre encore plus difficile qu'elle ne l'est déjà. Un certain nombre de règles de prudence doivent être respectées.

Lorsque les individus sont issus de groupes culturels qui ne reconnaissent pas la possibilité pour chacun de pouvoir disposer d'une indépendance individuelle ainsi que du droit de choisir ses propres modalités de vie, la sagesse commande de ne pas favoriser la reproduction des sociétés d'origine sur la terre d'accueil, afin d'éviter d'y installer les conditions qui vont leur permettre d'asseoir, de nouveau, leur emprise.

Lorsque le migrant est originaire de pays dont l'histoire est parsemée de lourds conflits, il convient de ne pas alourdir sa charge morale en accablant la terre d'accueil de tous les maux. Faute de quoi, c'est le souvenir de la souffrance de ses propres ancêtres qui peut s'inviter dans sa vie et venir singulièrement compliquer sa tâche car il se trouve alors placé en porte-à-faux.

Lorsqu'on a pour ambition de ménager la paix et de donner toutes ses chances à l'assimilation, on ne s'affaire pas à planter le décor de conflits civils en instrumentalisant l'Histoire et la mémoire. Sinon, il n'y aura jamais de solde de tout compte ! Et l'évocation constante de pages douloureuses du passé ne fait que rouvrir les plaies et alimenter les haines, pour finalement détruire toute possibilité de concorde civile.

C'est ainsi qu'au fil du temps il est devenu de plus en plus difficile pour un nombre croissant d'enfants de l'immigration de vivre dans la paix aux côtés de Français qui seraient pleinement responsables des malheurs du pays de leurs propres parents ou grands-parents. En effet, puisqu'ils affirment qu'ils sont responsables et coupables, c'est que cela doit être vrai !

Lorsque l'on souhaite favoriser l'intégration culturelle puis l'assimilation, on n'affaiblit pas, on ne déconstruit pas l'identité de son pays ou de son propre peuple, et on ne réécrit pas leur histoire pour la rendre conforme aux attentes du temps présent. Peut-on s'arrimer à du vide ou à un corps évanescent ? Les propos qui avaient été tenus par le ministre de l'Immigration Éric Besson sont emblématiques de l'égarement d'une élite qui a probablement cru bien faire : « La France n'est ni un peuple, ni une langue, ni un territoire, ni une religion, c'est un conglomérat de peuples qui veulent vivre ensemble. Il n'y a pas de Français de souche, il n'y a qu'une France de métissage[1]. » En résumé, avant les vagues migratoires, la France n'existait pas, elle était un terrain vague. Emmanuel Macron allait dans le même sens lorsqu'il affirmait en février 2017 : « Il n'y a pas de culture française. Il y a une culture en France. Elle est diverse. » Une étrange vision d'un pays dont il célèbre par ailleurs le rayonnement !

---

1. Éric Besson, ministre de l'Immigration, de l'Intégration, de l'Identité nationale et du Développement solidaire, La Courneuve, 5 janvier 2010.

Lorsqu'on souhaite donner toutes ses chances à l'assimilation et créer un vivre ensemble harmonieux, on évite de recourir à des politiques publiques qui divisent le corps social et créent du ressentiment. On ne se lance pas dans des actions politiques de « discrimination positive » qui se traduisent, tôt ou tard, par des discriminations négatives à l'encontre de ceux qui se retrouvent exclus sur la base de critères étrangers au mérite et à la performance. Il suffit de transposer de tels procédés à la vie d'une fratrie pour comprendre l'hérésie de la chose.

Un mot sur les politiques de discrimination positive, justement. Celles-ci se sont déployées sous le vocable de « diversité » ou d'« égalité des chances ». Toute action publique honnête qui aurait pour objet de mettre un coup d'arrêt à l'aggravation des fractures au sein de la société devra commencer par tourner le dos à ces politiques qui se sont répandues partout, y compris dans l'enseignement supérieur, et ce dès 2009 avec la droite. Renouer avec le respect des principes républicains et cesser d'alimenter les ressentiments au sein de notre société, c'était le sens de mon propos lors de mon audition par le Comité de réflexion sur le Préambule de la Constitution présidé par Simone Veil[1]. On y trouvait des recommandations qui auraient évité bien des heurts et malheurs à la société, si elles avaient été suivies.

1. Rapport au Président de la République par le comité présidé par Simone Veil, « Redécouvrir le Préambule de la Constitution », La Documentation française, 2008, p. 164-173 : https://www.vie-publique.fr/rapport/30242-redecouvrir-le-preambule-de-la-constitution-rapport-du-comite-preside

La course à la repentance de ces dernières décennies, loin de servir le mécanisme d'intégration, l'a considérablement grippé. Lorsque le Président de la République Emmanuel Macron parle de « fautes inexcusables », il faut donc s'attendre à ce qu'elles ne soient pas excusées. Il en va de même lorsqu'il accuse son propre pays de s'être rendu coupable de « crime contre l'humanité » envers un peuple musulman. Les mots ont un sens et l'accusation est lourde. Un tel crime peut-il rester impuni ? Pour des peuples chez lesquels l'honneur n'est pas un mot vide de sens, de telles accusations peuvent faire éclore un besoin de revanche. Si les Occidentaux ne s'étaient pas englués dans un narcissisme forcené, ils auraient admis qu'ils ne sont pas omnipotents. Cela aurait permis non seulement d'atténuer une partie des souffrances des enfants de l'immigration, mais cela aurait aussi permis aux Occidentaux de se délester d'une partie du fardeau de la culpabilité chrétienne qui accompagne leurs pas depuis l'origine.

Pour comprendre à quel point cette culpabilité est contre-productive, il suffit d'en observer les ravages. La plupart des migrants sont issus de milieux défavorisés, et même parfois misérables. Lorsqu'ils arrivent en Occident, ils sont pris en charge et bénéficient d'un bond considérable dans leur parcours de vie. Un bond que jamais ils n'auraient pu accomplir dans leur société d'origine. Pourtant, à force d'entendre évoquer la culpabilité de la terre d'accueil qui ne ferait pas assez et les discriminerait, beaucoup viennent à s'en persuader, et une partie de leurs enfants finissent par se dresser contre cette société jusqu'à parfois la violenter. Cette société qui les a pourtant accueillis ou a accueilli leurs parents ! Un immense gâchis aux conséquences effroyables !

Aucune société occidentale n'a su respecter ces principes élémentaires de prudence et de précaution. Toutes ont persisté dans l'accueil massif d'une immigration en provenance des mêmes zones. Les Européens notamment se sont révélés incapables de comprendre que d'autres puissent penser et évoluer différemment. Ce qui était prévisible s'est donc produit. Et c'est ainsi que la pression exercée sur les individus par leurs communautés nouvellement installées, ou diasporas, dans le but de les maintenir dans leur giron, s'est accrue au rythme des flux migratoires. La surveillance des faits et gestes est une réalité de chaque instant. Non seulement elle entrave la liberté des individus et des familles, mais elle entrave aussi celle des enseignants dans la mission que la nation leur confie.

## Insertion, intégration et assimilation

La conséquence la plus directe des flux migratoires a été cet accroissement de la pression du groupe. C'est pourquoi les membres de ces communautés ont, au fil du temps, évolué vers une adhésion de plus en plus étroite à ses valeurs, éloignant chaque jour davantage la perspective d'une assimilation pour le plus grand nombre et même l'idée d'une simple insertion. Dans ces conditions, un réenracinement croissant dans la culture d'origine était inéluctable. « Depuis deux décennies, une tendance néotraditionnelle s'est développée au sein de la deuxième génération venue d'Afrique sahélienne, de Turquie et du Maroc, notamment. En matière religieuse aussi bien qu'au sujet du mariage et de la conception des rôles sexués, de nombreux descendants de migrants ont adopté des positions hypertraditionnelles, franchissant à rebours le chemin que la génération de leurs parents avaient suivi à la fin des années 1970[1]. » Pour un humain ordinaire, résister à la pression de chaque instant imposée par le groupe est un exercice des plus difficiles.

De manière concrète, l'insertion n'est que le simple respect des règles du pays où l'on vit, même si on ne les partage pas en son for intérieur. Beaucoup de ces conventions qui régissent la vie en société sont tacites, et non inscrites dans des lois. Le parcours d'intégration démarre par l'exigence du respect, sans condition aucune, de la simple insertion. Afin d'éviter que les communautés ne se reconstituent sur la terre d'accueil et n'entravent cette insertion, il est impératif de maîtriser les flux migratoires d'une même origine culturelle aussi longtemps que l'insertion de ceux qui sont déjà présents sur le sol n'a pas réussi dans une proportion suffisante.

Pour s'intégrer, et aussi pour être intégré, il ne s'agit plus seulement de respecter les règles de sociabilité comme dans la phase de simple insertion, mais de se les approprier petit à petit jusqu'à les faire siennes, de sorte qu'elles participent de sa propre identité culturelle.

Ces modalités de vie communes obéissent aux lois, mais pas seulement. Dans la vie quotidienne, elles

1. Hugues Lagrange, *Le Déni des cultures*, Le Seuil, 2013.

obéissent avant tout au respect des mœurs, et ces mœurs sont le produit d'un long processus. Qu'est-ce qu'on aime, et qu'est-ce que l'on rejette ? La réponse à ces deux questions aide grandement à dessiner le portrait d'une communauté d'hommes et de femmes.

Il existe une formule d'une rare concision pour exprimer ce refus : « Autres temps, autres mœurs. » Les aïeux vivaient tout autrement. Leurs pratiques sociales et leurs règles de conduite différaient de manière substantielle de celles d'aujourd'hui. La culture se traduit, au quotidien, au travers de la pression que le milieu social exerce sur le développement psycho-physiologique des individus. Cette définition qui est celle du monde de la psychologie est la plus puissante qui soit pour décrypter la réalité du monde qui nous entoure. Ces aïeux ne possédaient pas la même définition du bien et du mal, et donc des interdits, et de ce fait jugeaient bien différemment les comportements individuels jusque dans l'intimité des cœurs – et des corps, puisque la sexualité était très encadrée et faisait l'objet d'une surveillance constante placée sous le sceau de la morale de l'époque. En un mot, ces aïeux avaient une mentalité différente de la nôtre, mentalité qui nous apparaît, avec le filtre de notre époque, rétrograde. C'est pourtant la même matrice ethnoraciale et religieuse qui les a formés. On mesure là les limites d'une définition de la francité, ou de l'occidentalité, par les seules racines chrétiennes, par l'ethnie et la race.

Il ne suffit pas de vouloir assimiler pour être en capacité de le faire. Au sein d'une même fratrie, éduqués par les mêmes parents, un enfant s'assimilera quand d'autres auront une tout autre trajectoire. En la matière, c'est chacun à son heure, car l'assimilation est un choix purement personnel qui se joue entièrement sur le registre affectif et moral.

L'assimilation se concrétise lorsque le migrant, ou son descendant, ressent le besoin profond d'une communauté de destin avec le peuple d'accueil. C'est alors qu'il décide de s'inscrire et d'inscrire sa descendance dans le même arbre généalogique.

Faire le choix de s'assimiler à un peuple d'une civilisation autre que celle de ses ascendants peut se révéler extrêmement difficile et douloureux. Le relief du chemin qui mène vers l'assimilation dépend principalement de la différence, ou distance, qui peut exister entre les systèmes de valeurs qui sous-tendent l'identité d'origine du migrant et l'identité du peuple d'accueil, et aussi de l'histoire des relations entre la terre d'accueil et le pays d'origine du migrant (colonisation, esclavage, guerres...).

## « D'un qui s'était fait "touraliser", on disait qu'il s'était vendu comme un mouton à la foire »

On entend souvent dire qu'il suffirait que la France décide d'assimiler les nouveaux arrivants pour qu'elle y parvienne. Ou encore que les échecs d'assimilation sont imputables à un renoncement des Français, au fait qu'ils ignoreraient leur propre identité culturelle ou encore qu'ils ne s'aimeraient pas assez.

Lorsque je vois combien de telles inepties sont déversées à longueur de presse ou de livres, je désespère qu'une prise de conscience puisse jamais avoir lieu. Or, sans elle, point de salut. C'est malheureusement cette prise de conscience qui a cruellement fait défaut, empêchant la société d'inscrire à son calendrier, et donc à l'agenda politique, les réformes qui s'imposent plus que jamais.

Car l'assimilation ne va pas sans tensions ni crispations de tous ordres. Il arrive que le sacrifice qui s'impose soit celui d'une rupture avec son propre milieu culturel d'origine, car il est très douloureux pour un parent d'admettre que son enfant, celui qu'il a éduqué et vu grandir, puisse lui devenir étranger sur le plan des mœurs et de l'identité culturelle. L'enfant, ou même l'adulte, peut avoir évolué différemment de son milieu d'origine sans pour autant cesser de l'aimer. Cette situation comporte un double sacrifice, celui de l'enfant et celui des parents. Cette situation n'avait pas échappé à deux sociologues qui avaient conduit des travaux sur les enfants de l'immigration, et que j'ai cités lors de mon audition par la commission parlementaire sur le droit de la nationalité : « Quand ils ont, au contraire, pu s'émanciper de leurs parents et se sont bien intégrés en France, c'est au prix d'une rupture avec eux. » Une telle rupture ne peut jamais être imposée de l'extérieur. C'est un choix qui doit être assumé par l'individu lui-même, aussi bien sur le plan affectif que moral, et pour ce faire il doit s'y sentir pleinement prêt. Aussi, soutenir que l'on peut imposer l'assimilation ou encore que l'« on va faire des Français » relève de l'inculture, voire du cynisme et de la malhonnêteté.

Le choix de s'assimiler est une décision lourde qui porte en elle, malgré elle, une part de violence. C'est une décision qui ne va pas sans souffrance et qui doit nécessairement être assumée face à ses propres ascendants lorsqu'eux-mêmes n'ont pas fait ce choix. En effet, faire sienne la patrie du peuple d'accueil, y inscrire sa descendance, s'engager à en assurer la continuité historique, plutôt que de s'inscrire dans l'arbre généalogique de ses ancêtres biologiques, est loin d'être une décision facile. Ce ne peut être que l'aboutissement d'un long parcours personnel mûrement réfléchi, mais aussi dicté par les battements du cœur, car « ce qui distingue les nations, ce n'est ni la race ni la langue. Les hommes sentent dans leur cœur qu'ils sont un même peuple lorsqu'ils ont une communauté d'idées, d'intérêts, d'affections, de souvenirs et d'espérances. Voilà ce qui fait la patrie[1] ». Ou encore : « L'homme n'est esclave ni de sa race, ni de sa langue, ni de sa religion, ni du cours des fleuves, ni de la direction des chaînes de montagnes. Une grande agrégation d'hommes, saine d'esprit et chaude de cœur, crée une conscience morale qui s'appelle une nation. » C'est donc bien par le cœur et l'esprit et non par l'ethnie et la race que l'on s'agrège à une communauté, que l'on décide de s'y lier pour en partager le destin.

Dans son autobiographie, Cavanna raconte que la naturalisation était vécue par les Italiens comme une trahison, et que la motivation première en était le travail dans le but d'améliorer les conditions d'existence, et non l'adhésion par le cœur et l'esprit à l'identité française. Voici ce qu'il nous en dit : « Au bout de tout ça, on décrochait un délai, accordé chichement par un

1. Ernest Renan, « Qu'est-ce qu'une nation ? », conférence en Sorbonne, 11 mars 1882.

bureaucrate à museau de rat constipé, un petit délai gros comme une crotte de rat constipé. Un seul espoir : la naturalisation. Papa n'avait rien contre : "La patrie, il est où qu'il est le travail, *ecco.*" Beaucoup de Ritals voyaient ça d'un sale œil. D'un qui s'était fait "touraliser", on disait qu'il s'était vendu comme un mouton à la foire[1]. »

Je voudrais tenter, une nouvelle fois, de rétablir une vérité, et tordre le cou à un mensonge tenace dont nous payons les conséquences. L'assimilation des vagues migratoires intra-européennes n'a pas connu le succès que l'on prétend souvent. Et ce, alors même que nous étions en présence de fondamentaux culturels très proches. En effet, seul un Italien sur trois du flux transalpin 1870-1940 a fait souche en France, et 42 % des Polonais du flux 1920-1939 sont repartis. Cela montre à quel point l'assimilation est complexe et difficile même lorsque les traditions semblent proches. Pourtant, les Français persistent à croire ceux qui leur racontent une tout autre histoire, à savoir que l'assimilation des Européens a été un succès.

Est qualifié de « vendu » celui qui a trahi par intérêt. Trahi qui ? Sinon sa communauté d'origine. Le terme de « vendu » n'est pas anodin et renseigne beaucoup sur la réalité de ce que l'acquisition d'une autre identité que celle de ses ancêtres biologiques peut signifier, aussi bien pour sa communauté d'origine que pour soi-même. C'est dire le courage et les efforts requis de tout candidat à l'assimilation. Je ne parle pas ici de la « simple » acquisition d'une carte d'identité. Je parle de

1. Cavanna, *Les Ritals,* Le Livre de poche, 1985.

la véritable assimilation. Et c'est bien pour cette raison qu'il fallait veiller à ne pas placer la charrue avant les bœufs en octroyant, comme cela a été fait, la nationalité du peuple d'accueil avant que l'assimilation ne soit effective. Le faire, c'était ruiner toute chance que le postulant s'astreigne à puiser en lui le courage de traverser le long et douloureux processus d'intégration et son cortège de questionnements extrêmement lourds et profonds. Le faire, c'était simplement torpiller toute motivation à s'assimiler.

Longtemps, le processus d'intégration qui mène à l'assimilation a porté le nom de « modèle d'intégration à la française ». C'est ainsi qu'il était désigné par opposition au modèle multiculturel anglo-saxon ou le « *multi-kulti* » allemand, celui-là même que la chancelière Angela Merkel avait qualifié d'échec complet[1]. Quant au modèle anglo-saxon, et en particulier le modèle américain, le monde entier sait désormais, depuis l'assassinat de George Floyd, à quel point il est fracturé et traversé par les haines. La Grande-Bretagne n'est pas mieux lotie. La situation y est, à certains égards, pire qu'en France. Lorsque je siégeais au sein du Haut Conseil à l'Intégration, les Britanniques cherchaient à mieux connaître le modèle français d'intégration pour s'en inspirer tant leur société était divisée. Les Canadiens nous faisaient part de l'échec de leur expérience d'« immigration choisie » puisque, contre toute attente, alors que les parents s'étaient bien insérés dans la société, une part croissante de leurs descendants devenaient le siège de problèmes identitaires qui

1. Congrès des jeunes de la CDU, Potsdam, 16 octobre 2010.

les amènent à se dresser contre la société qui avait pourtant accueilli leurs parents.

Dans *L'Étrange Défaite*, analyse lucide de l'aveuglement des élites en 1940, Marc Bloch proclame : « La France, la patrie dont je ne saurais déraciner mon cœur... j'ai bu aux sources de sa culture. J'ai fait mien son passé... », et mieux encore : « Je me suis efforcé, à mon tour, de la défendre de mon mieux[1]. » Par son bouleversant serment d'allégeance, Marc Bloch définit ce qu'être français signifie et trace, chemin faisant, les lignes du véritable séparatisme.

1. Marc Bloch, *L'Étrange Défaite*, Gallimard, 1990.

# IV.

# Clientélisme… et séparatisme

Le respect des règles qui régissent la vie en société est un impératif sur lequel les élites n'auraient jamais dû transiger. En transigeant, elles ont entraîné l'ensemble de la société, monde de l'entreprise inclus, sur le dangereux chemin des accommodements dits, à tort, « raisonnables » qui permettent de déroger à la règle commune.

Alors que la plupart des pays d'immigration s'étaient engagés, depuis déjà de longues années, dans un processus de retour à la religion comme principe organisateur de la cité, y gommant ainsi les transformations qui avaient été apportées au fil des siècles, les élites occidentales ont persisté dans l'accueil de populations en provenance de ces zones. Elles ont persisté dans un mépris total de la réalité humaine profonde, feignant de croire que le passage de la frontière s'accompagnait sur-le-champ d'un changement de mentalité. Pourtant, chacun sait que les socles des droits fondamentaux de peuples différents ne se confondent pas. Au mieux, ces droits peuvent s'ajuster entre eux et être conciliables.

Elles ont persisté et persistent encore, comme en témoigne l'adoption en décembre 2018, au Maroc, du

Pacte dit de Marrakech[1] pour organiser des « migrations sûres, ordonnées et régulières », un texte incroyable, apparemment neutre mais profondément militant en réalité : « Les migrations ont toujours fait partie de l'expérience humaine depuis les débuts de l'Histoire, et nous reconnaissons qu'à l'heure de la mondialisation elles sont facteurs de prospérité, d'innovation et de développement durable. »

Récemment, soit le 25 novembre 2011, c'est le Parlement européen – par 497 voix pour, 160 contre et 38 abstentions – qui a exigé de nouvelles règles pour soutenir la migration économique légale et ce, dans le but de lutter contre la pénurie de main-d'œuvre, y compris pour « les travailleurs peu ou moyennement qualifiés issus de pays tiers », comme si le taux de chômage, y compris dans les quartiers dits « sensibles », à savoir ceux de l'immigration, laissait de marbre ces élites qui apparaissent totalement déconnectées de leurs propres peuples. Et c'est ainsi que « la Commission européenne devrait faire des propositions d'ici janvier pour faciliter la migration économique légale pour relever le défi d'une population vieillissante et de la pénurie de compétences[2] ».

À la sortie du premier conflit mondial, l'Europe, en dépit du sacrifice d'une grande part des générations en âge de procréer, avait su renouer avec une nouvelle expansion démographique. Rien ne s'oppose en effet à

1. https://undocs.org/fr/A/CONF.231/3

2. https://www.europarl.europa.eu/news/fr/press-room/20211118IPR17623/le-pe-exige-de-nouvelles-regles-pour-soutenir-la-migration-economique-legale

une relance de la natalité en Occident, pour peu que les sociétés prennent la pleine mesure des enjeux. C'est la question de la continuité historique qui est posée, car un peuple qui ne se reproduit plus est voué à disparaître, et cette terrifiante responsabilité est entièrement imputable aux élites occidentales de souche.

En effet, en l'absence d'une assimilation massive, une bonne part de la classe politique, plutôt que de rester fidèle aux valeurs qui structurent l'identité du peuple français, s'est engagée dans la voie de concessions appelées accommodements. Les élites politiques ayant bien observé que l'appropriation des principes républicains n'était pas le fait du plus grand nombre elles s'y sont adaptées sans sourciller et se sont attelées à saucissonner l'électorat selon un ciblage à raison des origines.

Tandis qu'elles tiennent aux foules un discours empreint d'universalisme, de liberté et d'égalité des sexes, elles ont déjà sombré dans le différentialisme et le relativisme. Face au désordre grandissant, elles ont préféré tourner la tête, faire comme si de rien n'était, ont temporisé, puis fini par capituler.

Et c'est cette même situation que l'on retrouve un peu partout en Occident. Les concessions accordées ont alimenté la demande sans cesse renouvelée de nouveaux accommodements. Le communautarisme est entretenu et cultivé par ceux-là mêmes qui sont chargés de faire respecter les modalités de la vie commune. Les élites n'ont eu de cesse d'œuvrer à communautariser la société par le biais du marketing politique, pour finir par courir après le vote de communautés qu'elles ont elles-mêmes instituées et en la matière je n'ai pas noté de différences notables entre le comportement des hommes politiques et des femmes politiques, ou encore entre la gauche et la droite. Croire que les femmes, simplement parce que femmes, agissent différemment des hommes est d'une naïveté qui confine à la bêtise. De même, imputer l'entière responsabilité de la dégradation de la situation à la seule gauche, alors même que la droite a gouverné presque autant durant les dernières décennies, c'est s'en tenir à l'écume des vagues et s'inscrire dans un sectarisme aveugle qui entrave l'avènement d'un sursaut civique devenu urgent car vital.

Les problèmes qui ont conduit au processus de séparatisme culturel se posent dans les mêmes termes sur l'ensemble des terres d'accueil occidentales. Au niveau européen, la question de la compatibilité des valeurs a été posée sur la table dès 1987. Elle s'est même trouvée inscrite dans un document public signé par les ministres européens chargés des questions de migration, réunis les 17 et 18 septembre 1991 à Luxembourg : « Des problèmes pouvant surgir lorsque les pratiques ou les sensibilités religieuses des immigrés sont étrangères ou contraires aux traditions de la société du pays d'accueil, il importe que les gouvernements fassent tout leur possible pour promouvoir le dialogue avec et entre les représentants des différentes religions. » Pour preuve que les États de l'Union européenne avaient parfaitement su identifier le principal défi, ce document précise que « pour de nombreux immigrés et membres des groupes ethniques, l'identité culturelle se confond largement avec la religion ». Si l'on se remémore que, la culture, c'est la pression que le milieu social exerce sur le développement psycho-physiologique des individus, on comprend mieux bien des situations qui se produisent dans tous les domaines de la vie quotidienne, y compris dans le monde de l'entreprise.

Ici aussi, plutôt que de respecter leurs propres peuples et nations, les dirigeants européens ont préféré demander aux États membres « une souplesse accrue dans l'application de la législation ou de la coutume des pays européens » au motif que cela peut, « dans bien des cas, aider grandement à satisfaire les attentes légitimes des groupes d'immigrés[1] ».

L'Union européenne est allée jusqu'à se poser la question de « l'absorption potentielle du droit du mariage et de la famille des étrangers dans les législations nationales », mais y a finalement renoncé face aux « problèmes particulièrement complexes » qui « peuvent apparaître dans le domaine du droit du mariage et de la famille ».

## Du clientélisme en politique

Le 6 février 2019, date de commémoration de l'assassinat du préfet Claude Érignac, l'Association du corps préfectoral organisait la troisième édition de son colloque Claude Érignac dans le grand amphithéâtre de la Sorbonne avec pour thème « L'intégration républicaine en péril : comment la refonder ? ». J'y étais. Dans la salle, se trouvait la « fine fleur » de la haute

1. Annexe 5 : « Recommandation n° R(92) 12 ».

administration française issue des grands corps de l'État qui sont alimentés par l'ENA, école créée par le Général et dont la France n'a pas fini de faire les frais.

Des tables rondes se sont succédé avec pour objectif d'interroger le modèle français d'intégration tout en le comparant avec ce qui a cours en Allemagne, Grande-Bretagne, Suède, aux États-Unis. Hormis l'intervention du sénateur du Haut-Rhin Jean-Marie Bockel, ancien ministre, et celle tout aussi remarquable de Dominique Schnapper, ancienne membre du Conseil constitutionnel, le reste m'a donné la nausée. Une trop forte concentration de preuves d'incompétences et d'ignorance du sujet et une attaque de la France qui se trouve accablée de tous les torts ou presque. Écouter de bout en bout a constitué une véritable épreuve.

Lors de ce colloque, Jean-Marie Bockel reconnaît que les élites se sont trompées. Il s'exprime avec lucidité et droiture : « J'ai été d'emblée confronté, en qualité de maire de Mulhouse, et de manière assez brutale par rapport à la représentation que je pouvais avoir du devenir de ce territoire, à ce défi de l'intégration. J'ai le sentiment d'avoir tout expérimenté, d'avoir rencontré quelques réussites, mais également beaucoup d'échecs, pour souvent, d'ailleurs, des résultats en demi-teinte. » Il évoque le clientélisme répandu parmi les élites politiques, l'engagement des élus dans une démarche communautariste, l'insécurité grandissante, les premiers signaux de la montée de l'islamisme, la fuite en avant dans les politiques publiques. Il parle de « désintégration » et de ce qui l'inquiète : ce qu'il observe et entend sur le terrain se résume à une propension à « ne rien faire et attendre que la situation s'arrange d'elle-même, et que le développement économique reprenne ».

Cette fuite en avant qu'évoque Jean-Marie Bockel est toujours de mise sur la quasi-totalité de l'échiquier politique. En dépit de la situation pourtant alarmante, le logiciel n'a pas varié d'une ligne. En guise de solution, on parle encore et toujours : de prise en charge sociale de tous ordres ; de construction de logements sociaux ; de loi SRU qui contraint les communes à accepter une part de la misère du monde ; de discrimination positive ; de financement d'associations dont une part se révèlent communautaristes et misogynes. Et on propose aussi le vote par la représentation nationale de nouveaux flux entrants, comme si la France possédait les moyens financiers et d'intégration adéquats pour accueillir de nouveaux flux ! L'une des rares mesures politique qui trouvent grâce à mes yeux car elle est sensée est celle qui a consisté à réduire les effectifs d'élèves dans les premières classes, mesure décidée par le Président Macron et que j'avais recommandée dès 2007[1].

Selon la démographe Michèle Tribalat, en métropole, l'Île-de-France a attiré en 2018 40,3 % du flux en provenance des pays tiers[2].

C'est en effet la région Île-de-France qui absorbe, depuis longtemps, la plus forte proportion du flux

1. *Le Puzzle de l'intégration, les pièces qui vous manquent,* Mille et une nuits, 2007.

2. Michèle Tribalat, L'immigration vue à travers l'enregistrement des premiers titres de séjour, http://www.micheletribalat.fr/444975424

migratoire entrant, et c'est là que Gilles Kepel avait mené son enquête[1]. Il y évoquait le clientélisme politique et le fait que c'est bien « l'importance des populations de confession musulmane » qui a fait de la tournée des mosquées, lors des deux grandes fêtes de la fin du ramadan et de l'Aïd el Kebir, un passage obligé des candidats aux élections. Lors des cantonales de 2010, les candidats « se télescopant avec leurs adversaires dans telle ou telle mosquée, déchaussés et accompagnés d'élus musulmans de tout bord parfois vêtus de la jellabah traditionnelle, sont venus réitérer leur respect de l'islam (...) ».

À l'occasion de diverses échéances électorales, des personnalités politiques de tout premier plan et de tout bord politique tels Laurent Fabius, Valérie Pécresse, François Bayrou, Christiane Taubira, Jean-Paul Huchon, Claude Bartolone, Éric Raoult et d'autres planchent devant l'Union des musulmans de la Seine-Saint-Denis (UAM 93), que Gilles Kepel présente comme le premier lobby musulman dans l'histoire de la vie politique française, dont « l'objectif est de mobiliser un vote communautaire, afin de peser sur les candidats et élus aux municipales, cantonales, législatives et sénatoriales autour d'enjeux islamiques ». Et toujours selon Kepel, « sur le plan de la politique française, l'UAM 93 rompt délibérément avec les habitudes bien ancrées du vote traditionnel des immigrés et de leurs descendants pour la gauche (...). L'UAM 93 maximisera son impact en démontrant à l'UMP qu'elle peut lui apporter de précieuses voix musulmanes – si la droite

1. Gilles Kepel, *Banlieue de la République*, Gallimard, 2012.

satisfait à ses conditions, pousse ses maires à s'engager dans le soutien à la construction de mosquées et autres activités favorisant la pratique du culte ».

Dans *Les Territoires conquis de l'islamisme*[1], Bernard Rougié nous renseigne encore davantage : « (…) À l'université de Villetaneuse, M'hammed Henniche, fondateur de l'UAM 93 dont l'AMA fait aussitôt partie, organise des "rappels" à la foi en direction des étudiants d'origine musulmane, sous forme de harangue dans les travées des amphithéâtres et d'interventions dans les salles de cours. Ces initiatives bénéficient des encouragements du charismatique "cheikh" Ami Hassan, parfois présent sur les lieux. » Quant à « l'Ami Hassan » (*Ami* veut dire « oncle » en arabe), Rougié nous décrit son positionnement idéologique : « Le cheikh relève que la société française constitue "un terrain moins pire que d'autres terrains" car il est aisé de se démarquer des Français, alors que dans le bled, les mauvais musulmans se prévalent eux aussi de l'islam et, de ce fait, brouillent les frontières religieuses entre croyants et mécréants. »

Et c'est à cette assemblée que la ministre de l'Enseignement supérieur Valérie Pécresse, chaudement applaudie toute la soirée, lance ses encouragements : « Faites la même chose que les autres cultes. Faites du lobbying et venez travailler avec nous[2]. » M'Hammed

1. Bernard Rougié, *Les Territoires conquis de l'islamisme*, PUF, 2021.

2. http://www.uam93.com/fran%C3 %A7aise/031108-valerie-pecresse-je-voudrais-faire-emerger-les-rama-les-rachida-et-les-fadela-de-demain.html

Henniche rapporte les propos qu'elle leur a tenus lors des régionales de 2015, à l'occasion d'une rupture du jeûne : « Elle a surtout évoqué la visibilité des musulmans et la nécessité de combler le retard par rapport aux autres communautés cultuelles notamment au niveau des lieux de culte et des écoles confessionnelles[1]. » Il rappelle que, ministre, Pécresse leur avait assuré « qu'elle s'opposerait à une loi contre les étudiantes voilées dans les universités ».

La journaliste Eve Szeftel de l'Agence France Presse dévoile un système pernicieux. Son enquête[2] démarre sur un tract glissé dans les boîtes aux lettres de différents quartiers de la ville de Bobigny : « Jean-Christophe Sombou, le mari de Mme Benakouche, a été incarcéré pour séquestration, acte de barbarie, meurtre sur le jeune Ilan Halimi (...) M. Sombou fait partie du Gang des barbares (Youssouf Fofana). Observez, Drancy arrive en force ! » Drancy est une commune de la Seine-Saint-Denis, dirigée par Jean-Christophe Lagarde, maire de centre droit UDI. L'enquête d'Eve Szeftel est minutieuse, terrible et terrifiante. Elle y décrit les ressorts du clientélisme politique, parle de « pacte pour le pouvoir et tout ce qui va avec : l'argent, la domination, la violence » et comment le piège finit par se refermer sur les élus eux-mêmes.

Ilan Halimi était un jeune homme de 23 ans. Il avait été enlevé le 20 janvier 2006 dans le département des

1. https://www.islametinfo.fr/2015/08/03/valerie-pecresse-il-faut-donner-aux-musulmans-ce-quon-donne-aux-francais-et-aux-juifs/

2. Ève Szeftel, *Le Maire et les Barbares,* Albin Michel, 2020.

Hauts-de-Seine, puis torturé pendant trois semaines au seul motif qu'il était juif et qu'un juif ne pouvait être que riche… Ses ravisseurs espéraient obtenir une rançon. Ilan Halimi a fini par succomber à ses blessures. Ce crime, comme d'autres, aurait pu être évité si la France n'avait pas basculé dans la spirale de la violence dans laquelle elle s'enfonce chaque année un peu plus. On ne peut gouverner en acceptant seulement les privilèges attachés au pouvoir, tout en se lavant les mains des conséquences de ses propres actions et décisions.

En mars 2021, la majorité actuelle se saisit du « vote par la mairie de Strasbourg d'une subvention de 2,5 millions d'euros à la construction d'une mosquée portée par l'association Milli Görüs, proche des Frères musulmans et du pouvoir turc[1] », pour dénoncer « la complaisance, selon elle, de la municipalité écologiste avec les islamistes ». Selon Marlène Schiappa, ministre déléguée, « les maires du parti EELV sont sur une pente très glissante vis-à-vis de l'islamisme radical ».

Et lorsqu'en février de la même année, Frédérique Vidal, « inquiète d'un "islamo-gauchisme" qui "gangrènerait la société", annonce avoir demandé au CNRS "un bilan de l'ensemble des recherches" qui se déroulent en France[2] », la seule option politique mise sur la table par Yannick Jadot, aujourd'hui candidat d'Europe Écologie Les Verts, consiste à demander la démission de la ministre de l'Enseignement supérieur !

---

1. Grégoire Poussielgue, « Islamisme : la majorité à l'offensive contre les écologistes », *Les Échos*, 25 mars 2021.

2. « Islamo-gauchisme » : Yannick Jadot demande la démission de Frédérique Vidal », 21 février 2021, *Le Figaro*/AFP.

Dans *Banlieue de la République*, Gilles Kepel note que, dès l'élection municipale de 2008, c'est à Dominique Voynet (Europe Écologie Les Verts) que l'UAM 93 avait choisi d'accorder son soutien.

Et comment expliquer le fait que tant d'années après l'ascension de nombreuses femmes au sein du milieu politique, rien ne se soit dit et que la vie ait continué comme avant ? Les femmes politiques, des hommes comme les autres ?

*Le Parisien* souligne que « l'évolution la plus remarquable est celle de La France insoumise (LFI) et de son leader, Jean-Luc Mélenchon, signataire du texte « Stop à l'islamophobie », et qui participera ce dimanche à la marche contre l'islamophobie, organisée à l'appel notamment du NPA et du Collectif contre l'islamophobie en France (CCIF)[1] ». Le 2 décembre 2020, le ministre de l'Intérieur Gérald Darmanin dissout le CCIF qu'il décrit comme faisant partie des « officines islamistes » qui « œuvrent contre la République ». Et le 23 septembre 2021, le Conseil d'État valide sa décision.

Pour juger du niveau de sincérité des hommes et des femmes politiques, il suffit aux citoyens de scruter le parcours et les engagements concrets de leur entourage. Nombre d'hommes et de femmes politiques, de gauche comme de droite, ont poussé le vice jusqu'à courtiser et intégrer, au sein de leurs équipes, des personnes de l'immigration qui les intéressent justement en raison de leur maintien dans leurs origines. Leur mission ? Jouer les rabatteurs de bulletins de vote. Le

1. *Le Parisien*, « La (très) nette évolution de Mélenchon sur la question de l'islamophobie », dimanche 10 novembre 2019.

droit de vote étant livré avec la nationalité, l'évolution de la démographie électorale permet de saisir la relation de cause à effet ; et c'est bien parce que l'État a violé le Code civil qui posait l'assimilation comme condition préalable à toute naturalisation que nous en sommes arrivés là.

Rares, très rares, sont les hommes et femmes politiques qui ont été capables de résister à la tentation du clientélisme communautaire. C'est l'électoralisme qui a fracturé, décomposé la société, découragé l'assimilation et alimenté le séparatisme.

Les hommes et les femmes politiques ont trop souvent fermé les yeux sur les atteintes aux principes républicains, les transformant au fil du temps – et des flux migratoires – en simples variables d'ajustement de leurs politiques. C'est l'évolution de la démographie électorale qui leur a dicté leurs actions et décisions. L'important était de ne pas se couper d'une part des suffrages qui allaient croissant. Et plus les politiques trahissaient la République, plus les communautés renforçaient leur cohésion interne pour peser davantage, et ainsi obtenir de nouvelles concessions. En effet, pourquoi les immigrés ou leurs descendants consentiraient-ils à respecter les normes communes de la société d'accueil si le signal de leur inadéquation, voire de leur abandon, leur est envoyé ? Là encore, le comportement des populations issues de l'immigration est rationnel. Le piège infernal se referme sur la République et ses principes. La République n'est pas coupable. Elle est, malgré elle, une victime.

Un homme, une voix. Pour préparer l'élection présidentielle de 2012, le laboratoire d'idées de la gauche

Terra Nova publie dès 2011 ses préconisations. Le contenu de son rapport est limpide. Il fait, chiffres à l'appui, la démonstration de l'intérêt que la gauche de gouvernement peut trouver à maintenir à bon niveau les flux migratoires, rejoignant en cela les intérêts d'une partie du patronat. La mutation de l'identité sociologique de la gauche y est mise en exergue : « Au-delà des non-religieux, ce sont aussi tous les non-catholiques, notamment les individus d'"autres religions", composés à 80 % de musulmans, qui sont plutôt enclins à voter à gauche. Dans ces conditions, la dynamique démographique est très favorable à la gauche[1]. » Le critère de ciblage ne s'embarrasse d'aucune décence : « La population des Français issus de l'immigration est en expansion démographique et en mutation identitaire : en 2006, près de 150 000 acquisitions de la nationalité française ont été accordées, en augmentation de 60 % par rapport à 1995. Dans l'hypothèse d'une continuation à l'identique, ce sont entre 500 000 et 750 000 nouveaux électeurs, naturalisés français entre 2007 et 2012, qui pourront participer au prochain scrutin présidentiel sans avoir pu participer au précédent (...). »

Souvenons-nous de François Hollande battant le rappel dans les banlieues : « Les quartiers, les cités sont une chance pour la République. Ne sous-estimez pas la force de votre décision. Avec le suffrage universel, une voix en vaut une autre, et si certains sont plus riches que vous, vous, vous êtes plus nombreux qu'eux[2]. » Sa

1. Terra Nova, « Gauche : quelle majorité électorale pour 2012 ? », mai 2011.

2. François Hollande à Aulnay-sous-Bois le 7 avril 2012.

stratégie se calait sur les données démographiques de Terra Nova. Nul n'a alors relevé l'irresponsabilité qu'il y avait à dresser ainsi les populations de l'immigration contre les Français de souche. Qui donc sont les « certains » qu'évoque François Hollande, sinon les Français de souche culturelle occidentale ! Et c'est le même qui parlera, sitôt élu, de « partition »…

Le clientélisme politique est l'une des sources majeures qui alimentent le séparatisme. Pourtant, dans la loi n° 2021-1109 du 24 août 2021 confortant le respect des principes de la République ou loi dite sur le séparatisme, que trouve-t-on à ce sujet ?

Puisque la prime va à la non-assimilation, pourquoi faudrait-il s'assimiler ? Car les élites de souche culturelle occidentale ne se sont pas arrêtées en si « bon » chemin. Elles ont poussé la transgression du contrat de confiance jusqu'à mettre en place des mesures politiques qui rendent l'appartenance à des communautés étrangères plus attrayante qu'à la communauté nationale. Une transgression que chacun peut mesurer au travers de politiques de discrimination positive, d'égalité des chances ou de diversité, politiques qui se déploient aussi bien dans le cursus scolaire que dans l'accès à l'enseignement supérieur, et même dans le recrutement, puis dans l'ascension au sein des entreprises. C'est ainsi qu'on reproche aux enfants de l'immigration de ne pas s'assimiler et, dans le même temps, tout est fait pour les inciter à s'adosser systématiquement à leur communauté d'origine. Dès lors que les politiques de diversité ou de discrimination positive se traduisent de manière concrète par une préférence étrangère, comment tenir rigueur à ceux qui, de manière rationnelle, optent pour cet avantage concurrentiel instauré par les Occidentaux eux-mêmes ? Et que dire des propos tenus par un président de l'Agence du service civique, Martin Hirsch (aujourd'hui directeur de l'Assistance publique), selon lequel « la vraie intégration, c'est quand des catholiques appelleront leurs enfants Mohamed. Là, c'est plus intéressant[1] ». Les enfants de l'immigration sont plongés dans une situation kafkaïenne !

Récemment, il a été reproché à Rama Yade ses propos[2] sur le wokisme, la *cancel culture* et le fait qu'elle se sentait agressée chaque fois qu'elle passait devant la statue de Colbert. Mais Rama Yade, d'origine sénégalaise, n'a jamais caché ni qui elle était, ni ce qu'elle pensait, et c'est pour cela qu'elle a été choisie. Elle-même s'est engagée en politique sur cette base comme elle l'exprime le 30 janvier 2008, alors qu'elle participe au dîner annuel du CRAN (Conseil représentatif des associations noires). Elle y justifie les raisons de son engagement en politique et illustre sa propension à se vivre comme Noire : « Après tout, les Blancs votent à droite, à gauche ! Bon, pourquoi, nous, nous devrions tous voter dans le même sens ? [...] Ne serait-ce que par intérêt. Il y a Ségolène Royal, il y a Sarkozy. Sarkozy avait 50 % de chances. Qu'est-ce qu'on fait s'il gagne ? Et il a gagné. Qu'est-ce qu'on fait ? C'est fini pour les Noirs ? [...]. » Alors même qu'elle est fraîchement nommée secrétaire d'État, Rama Yade est interviewée

1. Bruce Toussaint, « News Show », Canal+, 1er juillet 2010.

2. Propos recueillis par Laureline Dupont, *L'Express*, 19 novembre 2021.

par des journalistes sénégalais qui lui demandent : « Pensez-vous un jour pouvoir servir le Sénégal ? » et elle répond : « Si le président Wade m'appelle parmi les jeunes talents qui l'entourent, pourquoi pas ? »

Dans *Passions*[1], le Président Nicolas Sarkozy justifie comme suit la nomination de Rachida Dati, d'origine marocaine : « Mon choix le plus structurant fut celui de Rachida Dati au ministère de la Justice. J'avais été bluffé par son énergie inépuisable, et son authenticité. Elle réussissait le pari d'être tout à la fois parfaitement élégante et distinguée sans faire disparaître sa culture des banlieues, dont elle est fière et qui lui colle à la peau. Elle était magistrate, femme engagée politiquement, et beur ! Or, à mes yeux, c'était loin d'être un détail, car je voulais adresser un message fort aux jeunes de la banlieue qui étaient issus de l'immigration : "Avec l'une des vôtres place Vendôme, vous ne pourrez plus dire ni penser qu'il y a une justice pour les uns et une pour les autres." Comme, de plus, je voulais beaucoup durcir la politique pénale, la promotion de Rachida cochait toutes les cases. »

Othman Nasrou, d'origine marocaine, est membre fondateur du « Collectif du 31 mai »[2]. À l'époque, il est étudiant marocain et l'objectif du collectif est d'obtenir que la circulaire dite Guéant soit abrogée, et il va y réussir, ce qui aura un impact considérable sur les flux migratoires en France. Cette circulaire poursuivait

1. Nicolas Sarkozy, *Passions*, Éditions de l'Observatoire, 2019.
2. https://www.france24.com/fr/20111215-debat-partie-2-elections-etrangers-politique-immigration-marche-du-travail-chomage-diplome-etudiants-circulaire

deux objectifs louables : empêcher le pillage des élites des pays du Sud et prévenir un fort appel d'air migratoire en restreignant le droit des étudiants étrangers à travailler en France à l'issue de leurs études sur le territoire national. La polémique trouve un écho parmi la jeunesse étudiante et prend une telle ampleur que François Hollande promet, s'il est élu Président, que cette circulaire sera abrogée. Cette promesse figure d'ailleurs parmi la liste « des principales mesures que compte prendre François Hollande, candidat PS à la présidentielle, s'il est élu pour sa "première année du changement" ». Et c'est ce qui sera fait. En effet, parmi les premières mesures prises entre le 6 mai et le 29 juin 2012, on trouve l'abrogation de la circulaire Guéant et les conséquences ne se sont pas fait attendre longtemps puisque le flux migratoire estudiantin est devenu le premier flux migratoire avec ses 90 000 entrées par an. Aujourd'hui, Othman Nasrou est premier vice-président du Conseil régional d'Île-de-France et porte-parole de Valérie Pécresse.

Autre exemple parmi d'autres, celui de Najat Vallaud-Belkacem, d'origine marocaine et porte-parole de Ségolène Royal lors de la présidentielle de 2007. Le 26 juillet 2012, Ségolène Royal s'exprime à son propos dans *Le Point* : « Elle s'appellerait Claudine Dupont, elle ne serait peut-être pas là. Elle doit assumer son identité et en être fière. » Ségolène Royal met bien en lumière ici une politique de la préférence étrangère. En France, aux yeux des politiques, se revendiquer de la diversité constitue un avantage, quand être seulement français de souche ou assimilé ne présente plus guère que des inconvénients.

## Insécurité existentielle

Deux mentalités qui ne se sont pas construites sur le même socle de principes fondamentaux conduisent à deux identités culturelles différentes qui ont peu de chance de s'accorder sur le même projet politique. Par quel miracle ceux qui n'auraient pas réussi à s'assimiler pourraient-ils s'accorder avec les Français, qu'ils soient de souche ou d'adoption, sur des principes aussi fondamentaux que la liberté individuelle, l'égalité hommes-femmes, la séparation de l'Église et de l'État et même la fraternité ? Si l'assimilation se produit de moins en moins, alors par le simple jeu de l'arithmétique la culture occidentale est appelée à devenir minoritaire en France. Or c'est la culture qui fonde l'identité. C'est là que se trouve la source de l'insécurité existentielle qui s'est emparée de la société.

Pour quelle raison l'ex-Président Hollande, alors en exercice, a-t-il parlé de « partition », et Emmanuel Macron de « séparatisme » ? Parce que l'octroi de la nationalité s'accompagne du droit de vote, donc d'une part de souveraineté qui permet d'influer sur le destin de la société, et que la citoyenneté a été décorrélée de l'identité. Si l'État – hauts fonctionnaires et élites politiques nationales – avait respecté le Code civil qui posait l'assimilation comme prérequis à toute attribution de la citoyenneté, ces termes de partition et séparatisme ne leur seraient pas venus à l'esprit. Il est là, le cœur du problème – celui qui a entraîné tous les autres.

La gauche semble avoir fait une croix sur les classes populaires de culture occidentale. Elle n'est pas seule.

Voilà des années que la droite, la presse et le monde intellectuel, lorsqu'ils évoquent « les classes populaires », ne visent ni les Français de souche ni ceux d'adoption, mais seulement les quartiers pudiquement nommés « de la politique de la ville ». Ne dit-on pas que le « populaire » c'est ce qui émane du peuple, est propre au peuple et appartient au peuple ? Si les mots ont un sens, alors ce gommage des classes populaires de culture occidentale sur la photo de famille est une lourde responsabilité face à l'Histoire.

Affirmer que l'élite n'avait accès à aucune statistique qui eût pu lui permettre de tracer un cap frappé au coin du bon sens est faux. Ce que j'avais constaté lors de mon expérience à l'intérieur du système, c'est que, dans tous les domaines, les données existaient en suffisance qui auraient pu permettre de conduire des politiques publiques qui prennent en compte la capacité réelle de la France à intégrer, sur le plan économique aussi bien que culturel. C'est donc bien ailleurs qu'il convient de chercher les raisons de la démission des élites et de leur renoncement à assumer leurs responsabilités.

Les statistiques ethniques font l'objet de débats récurrents. L'opinion publique les réclame car elle croit, à tort, que ces données ne sont pas disponibles et qu'il suffirait qu'elles le fussent pour que les gouvernants agissent à bon escient. D'autre part, la publication de ces statistiques est depuis fort longtemps réclamée par les communautaristes, les déconstructeurs et autres matérialistes de la mémoire, qui espèrent ainsi pouvoir étayer leurs revendications en s'appuyant sur le poids démographique de chaque groupe.

Les stratégies politiques des dernières décennies éclairent d'une manière cruelle l'indifférence nourrie envers la situation de la France, aussi bien sur la question de l'identité culturelle que sur celle de la pauvreté et du chômage. En effet, les conséquences des flux migratoires sont bien connues depuis plus de quarante ans, comme en témoignent les propos en 1981 de Georges Marchais, secrétaire général du Parti communiste. Il évoque « les charges d'aide sociale nécessaires qui deviennent insupportables pour les budgets des communes », « de cote d'alerte atteinte » et aussi le contexte des « familles aux traditions, aux langues, aux façons de vivre différentes », rendant « difficiles leurs relations avec les Français[1] ». Sa recommandation politique se résumait en une seule : « Je précise bien : il faut stopper l'immigration officielle et clandestine. » Tout parent qui persisterait à vouloir adopter de nouveaux enfants alors même qu'il rencontrerait de grandes difficultés à offrir, à l'ensemble de la fratrie, les conditions d'une vie commune harmonieuse se retrouverait aussitôt qualifié d'irresponsable...

De nouvelles filières d'immigration ont été créées par les politiques eux-mêmes. Ainsi en est-il de l'immigration estudiantine, devenue un moyen pour l'Occident d'aspirer la matière grise des pays du Sud, ce qui entraîne inexorablement l'exode des pauvres qui, à leur tour, tentent d'entrer en Europe par tous les moyens... Nous sommes entraînés dans une spirale infernale.

1. Lettre de Georges Marchais adressée à Si Hamza Boubakeur, recteur de la mosquée de Paris, publiée le 6 janvier 1981 par le journal *L'Humanité*.

Les flux migratoires ont été encouragés aussi bien par des décisions politiques que par la part du patronat qui n'a jamais reculé devant l'emploi de clandestins, créant ainsi d'incessants appels d'air. Les conditions ainsi créées ne permettent plus d'assimilation autrement qu'à la marge. Pourquoi ? Parce que des groupes culturels qui ne tolèrent pas l'expression d'une liberté individuelle, et par là même le libre choix de son propre destin, s'emploient à exercer, au quotidien, une pression telle sur les familles et sur chaque personne qu'il relève de l'héroïsme de réussir à se dresser, seul, face à la masse. Ceux qui ont cru en la France et en l'Occident se retrouvent trahis par l'Occident lui-même.

Pendant quarante ans, les gouvernants n'ont eu de cesse de réduire la problématique de l'immigration et de l'intégration à une dimension socio-économique. Mais alors, s'ils étaient véritablement sincères, comment expliquer qu'ils aient persisté dans l'accueil massif d'étrangers pauvres, condamnant ainsi la France et les Français au châtiment du tonneau des Danaïdes ? Selon l'Insee, la pauvreté progresse depuis quinze ans. En 2020, la France comptait 9,3 millions de personnes pauvres, et la barre des 10 millions devait bientôt être franchie. Les décisions publiques se révèlent incompréhensibles !

L'attitude de la société n'est pas neutre car c'est elle qui entraîne dans son sillage le monde politique, qui n'en est que le simple reflet. Et c'est pourquoi beaucoup de politiques pilotent au jour le jour, le nez rivé sur les sondages d'opinion. « Un politicien pense à la prochaine élection. L'homme d'État, à la prochaine génération » (Churchill).

Or les citoyens ne disposent pas forcément de l'ensemble des données qui leur permettraient de se forger une opinion autre que celle fondée sur leurs propres expériences quotidiennes. Les Français en l'occurrence n'ont en effet accès qu'à des informations parcellaires qui ne permettent pas toujours de se bâtir une vue d'ensemble. Bien sûr, la plupart des informations sont publiques et disponibles sur les sites des institutions étatiques mais combien sont-ils à disposer du temps et de l'énergie nécessaires pour les analyser ?

C'est ainsi que les retournements spectaculaires d'opinion sur une multitude de sujets entraînent dans leur sillage des retournements tout aussi spectaculaires de discours politiques, flagrants notamment à l'approche d'élections à portée nationale. Voyez par exemple le récent retour en grâce du nucléaire, ou la soudaine baisse de popularité des éoliennes, ou encore, au sujet du budget des armées, traditionnelle variable d'ajustement, le revirement salutaire de l'opinion – malheureusement il aura fallu des attentats pour la réveiller.

J'en ai fait mille fois l'expérience au sein du Haut Conseil à l'intégration lorsque nous travaillions sur des données ou des informations ignorées à l'époque du grand public. Tant qu'il ne se trouvait pas suffisamment de citoyens confrontés directement, eux ou leur entourage, aux conséquences des décisions politiques, il était impossible de traiter les sujets de manière globale en intégrant l'ensemble des paramètres. Et si les politiques suivent l'opinion publique au lieu de la précéder, c'est pour une raison évidente : il faut être doté d'une sacrée dose de courage ou être totalement désintéressé pour accepter de courir le risque de se voir éjecter du jeu politique par ces mêmes électeurs.

Dans chaque nation occidentale, des voix n'ont pas manqué de s'élever pour tirer la sonnette d'alarme mais rien n'y a fait. Impossible de faire entendre raison.

Il s'est même trouvé des dirigeants étrangers pour alerter l'Occident sur la difficulté de l'assimilation. Il y a quelques années, j'avais exhumé le contenu d'un entretien donné par le roi Hassan II du Maroc à la journaliste Anne Sinclair. Il y affirmait que ses sujets « ne seront jamais intégrés ». Son propos était catégorique : « L'exprimeront-ils qu'ils ne le pourront pas (...). Je vous décourage en ce qui concerne les miens, les Marocains, d'essayer des détournements de nationalité, car ils ne seront jamais français à cent pour cent. Ça, je peux vous l'assurer[1]. » Comme je l'ai écrit à de multiples reprises, on peut intégrer des individus, jamais des populations ou des communautés. Et c'est bien pour cela qu'il convient de toujours veiller à ménager aux individus les conditions propices à leur émancipation.

1. Émission « 7/7 », TF1, Palais royal de Rabat, 14 mai 1993.

## « Madame, les Français sont des *niyas*. Vous êtes d'accord ? »

14 décembre 2016. *Le Figaro* nous a conviés, Jean-Pierre Chevènement et moi-même, à débattre[1] en vue de la publication d'un entretien croisé dans les colonnes du quotidien. Avant de nous quitter, Jean-Pierre Chevènement me pose une question surprenante. Évoquant ses réunions du moment, il voudrait que je l'éclaire sur la signification d'un terme qu'il entend souvent prononcer par ses interlocuteurs en sa présence. Et il est sûr, me dit-il, que ce mot le désigne. Il s'agit du terme *gawri*.

Ce terme ne m'est pas inconnu, je l'ai entendu dans le Maghreb lorsque j'y résidais. Il était employé pour désigner l'étranger. Pour une étrangère, on parlait de *gawrya*. À l'époque, comme c'était uniquement les Français dont il retournait, je pensais que *gawri* était un synonyme de Français. C'est d'ailleurs ce terme qui était employé pour les désigner, et non celui de Français ou Française. Je me souviens que les termes de *roumi* et *roumya* étaient aussi parfois utilisés.

À l'époque, il ne me semblait pas que le qualificatif de *gawri* fût ni insultant ni péjoratif. J'en ignorais totalement la véritable signification. Mais je doute fort qu'au vu de leurs parcours intellectuels il en aille de même pour les interlocuteurs dont me parlait Jean-Pierre

1. Chevènement – Sorel, « Mener un combat résolu pour continuer la France », propos recueillis par Alexandre Devecchio, *Le Figaro*, 16 décembre 2016.

Chevènement. Je ne peux croire qu'ils en ignorent l'étymologie et la charge.

Le terme de *gawri* ou *gaouri* a été introduit au Maghreb par les Ottomans. Il dérive de *gavur*, qui veut dire « cochon » en turc. *Gawri* ou *gaouri* est utilisé pour désigner les infidèles, les mécréants, les chrétiens.

Bien sûr, on pourrait dire que le terme a peut-être perdu de son sens originel, mais pour autant, la charge émotionnelle attachée au mot a-t-elle nécessairement disparu ? Pour écrire ses travaux sur l'esclavage, le pouvoir et la religion dans le monde arabe[1], Mohammed Ennaji raconte que c'est l'exploration de la langue qui l'a éclairé « sur de nombreux aspects opaques des relations sociales du pouvoir », car « les mots ont, en effet, conservé la mémoire des pratiques révolues ou cachées ».

9 décembre 2011. Alors que je siège au Haut Conseil à l'intégration, nous organisons deux journées de réflexion et d'échange autour de la laïcité avec environ deux cents cadres des trois fonctions publiques : la fonction publique d'État et les fonctions publiques hospitalière et territoriale. Le colloque se déroule au Conservatoire national des arts et métiers. Au programme, de nombreux intervenants. Jean-Michel Blanquer intervient en tant que directeur général de l'Enseignement scolaire du ministère de l'Éducation nationale. J'interviens dans la table ronde qui traite de

1. Mohammed Ennaji, *Le Sujet et le Mamelouk. Esclavage, pouvoir et religion dans le monde arabe*, Mille et une nuits, 2007.

la laïcité dans les armées françaises, aux côtés d'un amiral et d'un colonel.

À la fin de la rencontre, je suis abordée par une fonctionnaire de la fonction publique hospitalière. Elle a beaucoup à dire et d'emblée m'expose sans détour nombre de ses inquiétudes. Elle me signale aussi que certains services hospitaliers commencent à retirer la charte de la laïcité qui s'y trouve affichée, car ils anticipent le retour de la gauche au pouvoir. Nous sommes en décembre, et l'élection présidentielle n'aura pourtant lieu que dans quelques mois.

Notre entretien touche à sa fin, et c'est alors qu'elle me lance, comme un cri du cœur :

– Madame, vous parlez arabe ? Vous savez ce que veut dire *niya* ?

– Oui.

– Les Français sont des *niyas*. Vous en convenez, n'est-ce pas ?

Le terme *niya* est difficilement traduisible dans la langue française, mais il mériterait d'y figurer tant il est adapté et criant de vérité pour ce qui nous occupe.

*Niya* conjugue les facettes du naïf, du simplet, du faible d'esprit ou du niais. Il qualifie celui ou celle qui, à la fin des fins, se révèle incapable de tirer les enseignements de ses épreuves et finit le plus souvent par être le dindon de la farce. Dans le même temps, la personne qui s'en trouve affublée inspire de la pitié, mais une pitié dépourvue de considération ou de respect. Oui, nous sommes bien les *niyas*, les dindons de la farce.

# V.

# École et laïcité, même combat !

Il est erroné de prétendre que la laïcité n'existe nulle part ailleurs qu'en France. Il est inapproprié de marteler qu'elle est intraduisible, donc inexportable. Pour certains, il s'agit de mettre en exergue le caractère précurseur de la France tandis que, pour d'autres, il s'agit au contraire de suggérer qu'il faut tourner le dos à la laïcité : si nul autre pays au monde ne l'a copiée, c'est qu'elle ne doit pas être si pertinente...

Hormis les très rares pays qui punissent encore parfois d'une amende les « injures faites à Dieu », la majorité des sociétés occidentales est laïque. Toutes vivent sous le régime de la séparation de l'Église et de l'État, et toutes garantissent la liberté religieuse.

Elles vivent à l'heure de la loi des hommes et non de la loi de Dieu. Les législateurs y disposent du droit de décider les règles qui définissent les modalités des rapports au sein de la société, sans que ces modalités soient la transcription de commandements divins.

C'est bien d'un modèle de société qu'il s'agit ici. La laïcisation est l'un des traits caractéristiques des sociétés occidentales, mais pas seulement d'elles. Voilà maintenant bien longtemps qu'en Chine ou en Russie par exemple, la religion n'est plus le principe organisateur de la cité. Les Occidentaux, hommes et femmes, ne sont pas, à chaque instant de la journée, limités dans leurs actes ou même dans leurs pensées par des interdits d'ordre religieux. Ils ne vivent pas non plus surveillés, épiés, traqués, ou persécutés par leurs congénères qui s'arrogent le droit de vérifier qu'ils ne transgressent pas la loi religieuse.

Bien sûr, dans les sociétés laïcisées, il arrive que des règles de morale puissent plonger leurs racines dans une religion. Il arrive aussi que ces sociétés aient conservé des formules faisant référence à Dieu dans leur Constitution, ou bien que des assemblées politiques démarrent leurs travaux par des prières, ou encore que des hymnes nationaux fassent référence à Dieu. Il n'en demeure pas moins que ce n'est pas la loi d'un « Dieu tout-puissant » qui dicte à l'ensemble des citoyens, au sein de la cité, ce qu'ils doivent faire, ne pas faire, ou même penser ou ne pas penser.

## Deux ordres distincts

La laïcité ne se réduit pas à une simple neutralité. Dans toutes les sociétés laïques, l'ordre religieux et l'ordre politique sont distincts. Il est peu mentionné, tant c'est implicite, qu'il existe dans la gestion des affaires de la cité une hiérarchie entre le politique et le religieux, entre la loi des hommes et la loi de Dieu. Cette hiérarchie qui fonde la primauté du politique sur le religieux est trop rarement rappelée, et c'est là que résident bien des malentendus.

La France a une particularité : en vertu du principe d'égalité de traitement, elle impose aussi la neutralité des agents des collectivités et services publics. Si ceux-ci pouvaient en effet afficher des signes d'appartenance religieuse, cela entraînerait deux conséquences indésirables : d'une part, une préférence de traitement accordée aux publics partageant la même confession ; d'autre part, un risque de prosélytisme, visant à renforcer le communautarisme.

Ces préoccupations liées au prosélytisme ne sont pas nouvelles. Elles ont été abordées dès 1686 par le philosophe anglais John Locke lorsqu'il pointait les conséquences d'une identification au travers du port d'un signe religieux. Et il n'avait pas manqué d'alerter sur ses potentiels effets. C'est ainsi, nous dit-il, que « dans un cas comme dans l'autre, il peut s'agir d'un signe de ralliement susceptible de donner aux hommes l'occasion de se compter, de connaître leurs forces, de s'encourager les uns les autres et de s'unir promptement en toute circonstance. En sorte que, si on exerce sur eux une contrainte, ce n'est pas parce qu'ils ont telle ou telle opinion sur la manière dont il convient de pratiquer le culte divin, mais parce qu'il est dangereux qu'un grand nombre d'hommes manifestent ainsi leur singularité quelle que soit par ailleurs leur opinion[1] ». Ce qui intéresse Locke, c'est d'identifier ce qui favorise, ou au contraire entrave, le gouvernement des

1. John Locke, *Lettre sur la tolérance*, 1686, traduction française de Jean Le Clerc, 1710.

hommes de sorte qu'ils puissent vivre ensemble en paix. L'inquiétude de Locke porte sur l'émergence des actions séditieuses.

En Europe, la puissance publique s'est lié les mains avec l'article 9 de la Convention de sauvegarde des droits de l'homme et des libertés fondamentales, qui garantit « la liberté de manifester [leur] religion ou [leur] conviction individuellement ou collectivement, en public ou en privé, par le culte, l'enseignement, les pratiques et l'accomplissement des rites ». Dans bien des situations, à partir du moment où l'on constate des effets induits qui peuvent être qualifiés de troubles à l'ordre public, il est déjà trop tard pour agir sereinement, voire pour agir tout court. Une histoire : le drame de Samuel Paty. Il fallait qualifier, dès le départ, de trouble à l'ordre public la démarche du père à l'origine de plusieurs vidéos dans lesquelles il appelle à l'exclusion du professeur et donne l'adresse du collège[1]. Ce père est reçu par la principale de collège accompagné d'un homme se présentant comme le responsable des imams de France ! L'emballement était prévisible... D'ailleurs, le ministre de l'Intérieur dira qu'« ils ont manifestement lancé une fatwa contre le professeur ».

La situation actuelle, dans laquelle 74 % des musulmans de moins de 25 ans déclarent « faire passer leurs convictions religieuses avant les valeurs de la République[2] » – alors qu'ils sont 25 % pour les 35 ans et plus, atteste de l'échec patent, de l'aveuglement, du système

1. Justine Chevalier, « Assassinat de Samuel Paty : où en est l'enquête ? », BFMTV, 19 octobre 2020.

2. Ifop, 31 août 2020.

éducatif et du monde politique. Quel devenir pour la République et ses valeurs, lorsque « 57 % des jeunes musulmans considèrent que la Charia est plus importante que la loi de la République (+10 points depuis 2016) [1] » ?

Partout, sitôt que surgissent des demandes d'accommodement au titre de la religion, tous – les politiques, les entreprises, les établissements scolaires, les universités – cèdent. Parfois avant même que la moindre revendication ait été formulée. Au Haut Conseil à l'intégration, nous étions bien placés pour observer ces renoncements, aussi bien en France que dans les autres pays occidentaux. C'est pourtant la laïcité qui conditionne l'exercice des autres principes fondamentaux.

Sans laïcité, la liberté individuelle finira par être placée sous tutelle. Sans laïcité, l'égalité entre les individus et, bien sûr, entre les hommes et les femmes sera remise en cause. Sans laïcité, la fraternité universelle s'effacera peu à peu car elle se trouvera circonscrite à une même communauté de croyance. De tous les principes qui structurent la vie en Occident, c'est bien celui de laïcité qui s'avère le plus essentiel.

Il est une histoire oubliée qu'il importe de rappeler car c'est à elle qu'est imputable la faute originelle, celle qui a permis à la course au rigorisme de s'enclencher. Cette faute morale est le fait d'un homme, Jacques Chirac, alors Président de la République. C'est lui qui, sans le vouloir, a créé les conditions d'une jonction sans laquelle « l'islam en France » aurait peut-être pu devenir un jour « l'islam de France ». Cette histoire a été

1. Ifop, 5 novembre 2020.

racontée par deux témoins clés de l'époque, le réalisateur et producteur Daniel Leconte et Philippe Val, qui dirigeait alors *Charlie Hebdo.*

Philippe Val : « Ils étaient trois : l'UOIF, une organisation d'inspiration wahhabite appelée la Ligue islamique mondiale et la mosquée de Paris... Le recteur, Dalil Boubakeur, que je connais personnellement, était tout sauf chaud, il voyait plutôt en moi, traditionnellement, un allié qu'un ennemi. Les gens de l'UOIF, eux, avaient de bonnes raisons de me détester... Cela dit, tout ça n'aurait pas tenu si le Président de la République n'avait pas poussé la Mosquée de Paris à attaquer... Chirac étant même allé jusqu'à proposer les services de son avocat, Francis Szpiner. Il faut savoir que, huit jours plus tard, il partait en Arabie saoudite pour vendre des Mirage. S'il n'avait pas fait un geste pour se démarquer des caricatures, sa visite se serait déroulée dans une ambiance de plomb. Pour se refaire une virginité islamique, il fallait qu'il pousse au procès et qu'il le fasse savoir. Bref, ses motivations n'étaient pas seulement philosophiques ou civilisationnelles mais aussi commerciales et politiques[1]. »

L'enseignement le plus important du témoignage de Philippe Val, c'est que c'est Jacques Chirac qui a poussé le recteur de la mosquée de Paris à s'allier à l'UOIF et à la Ligue islamique mondiale dans la plainte contre *Charlie Hebdo.* Sans cette alliance, la plainte serait tombée. Le fait même qu'elle ait été considérée recevable

1. Daniel Leconte, Philippe Val, « L'histoire oubliée des caricatures de *Charlie Hebdo* », propos recueillis par Élisabeth Lévy, *Causeur,* février 2015.

a été la première grande victoire qui a incité à la persévérance et ouvert la voie à bien d'autres victoires.

L'UOIF, c'est l'acronyme de l'Union des organisations islamiques de France. En 2005, comme le rapporte dans un entretien Fiammetta Venner, l'UOIF occupe un tiers des sièges du Conseil français du culte musulman (CFCM). Quel en est le poids quelques années plus tard ? En 2014, le journal *Le Monde*[1] précise que l'UOIF est devenue « l'une des principales organisations structurant le paysage musulman français ». Dans le même article, on lit également que « l'UOIF, proche des Frères musulmans, dit dans un communiqué avoir découvert avec “stupeur et colère” sa présence sur une liste d'“organisations terroristes” établie par les Émirats arabes unis ».

Dans son discours[2] du 2 novembre 2020 sur le thème de « la lutte contre les séparatismes », le Président de la République tient le propos suivant : « Et donc ce dont nous sommes convenus avec le Conseil français du culte musulman (CFCM), c'est que d'ici à six mois au plus tard celui-ci allait finaliser un travail largement commencé depuis plusieurs mois et indispensable. Un travail qui consiste premièrement à labéliser des formations d'imams dans notre pays. Deuxièmement, à assumer une responsabilité cultuelle qui sera celle de la certification des imams. Troisièmement, d'écrire une

1. « L'UOIF classée “organisation terroriste” par les Émirats arabes unis », 18 novembre 2014, *Le Monde*/AFP.

2. https://www.elysee.fr/emmanuel-macron/2020/10/02/la-republique-en-actes-discours-du-president-de-la-republique-sur-le-theme-de-la-lutte-contre-les-separatismes

charte dont le non-respect entraînera révocation des imams. La structuration du pèlerinage du hajj apportera des financements nécessaires. Nous avons conduit un très gros travail avec l'Arabie saoudite pour réglementer celui-ci et là aussi un travail a été mené par le CFCM, par l'AMIF, pour justement bâtir une solution qui permettra d'avoir ainsi des financements et de structurer ces formations. » Le Président de la République s'en remet donc au CFCM et à l'AMIF. Le 28 mai 2019, lors de la rupture du jeûne du CFCM, Valérie Pécresse moque d'une mimique le concept de démocratie directe et déclare : « (...) Tous les citoyens ne peuvent pas s'exprimer d'une seule voix. À un moment donné, on a forcément besoin de courroies de transmission et d'intermédiaires. Le CFCM a été pendant des années, et est aujourd'hui, un intermédiaire précieux. C'est une courroie de transmission précieuse[1]. » Elle se trompe. Tout au contraire, il convenait que l'État ne se mêle pas d'organiser le culte, et ménage ainsi aux croyants un chemin vers l'émancipation, de sorte qu'ils puissent réussir, comme d'autres avant eux, à conjuguer foi et citoyenneté.

À présent, qu'est-ce que l'AMIF, ou Association musulmane pour l'islam de France ? Son président est Hakim El-Karoui, ancien conseiller à Matignon du temps de Jean-Pierre Raffarin. Cette question, comme beaucoup d'autres, a été traitée par l'islamologue Mohamed Louizi, qui livre dans l'un de ses articles une analyse extrêmement fournie et détaillée, trombino-

1. https://www.facebook.com/Lecfcm/videos/valérie-pécresse-le-cfcm-a-été-pendant-des-années-et-est-aujourdhui-un-intermédi/480036569398184/%20Xavier%20iMac%20@%2018:28

scope et organigramme à l'appui[1]. Voici un extrait de ce qu'on peut y lire : « Dans le rapport *La Fabrique de l'islamisme* (Institut Montaigne – 2018), à qui Hakim El-Karoui prête son nom, il est écrit : "Dans le domaine de l'enseignement islamique, on trouve un frère musulman Ahmed Jaballah, à l'origine de l'Institut européen des sciences humaines (IESH), puis président de l'UOIF." Dans ce même rapport, il est écrit : "Les formations dispensées [à l'IESH] affichent en toute clarté une orientation théologique explicite, celle de la stricte orthodoxie (...). C'est l'idée d'un islam total." (...) Quant à la rédaction des statuts de l'AMIF, elle est confiée à Hosni Maati et Hayette Hamidi. Lors des dernières législatives, cette dernière était la candidate des Républicains dans le 9-3. "Candidate de Sens commun à Saint-Denis", "issue de La Manif pour tous". Elle a pu compter, mais sans réussite, sur le soutien médiatique de la chaîne qatarie Al-Jazeera (...). » Et pour les régionales de 2015, Hayette Hamidi figurait sur la liste d'union de la droite.

Le 11 février 2021, Marine Le Pen débat avec Gérald Darmanin. Dans leur partie de ping-pong au sujet de l'islam, Marine Le Pen s'appuie sur les propos de Latifa Ben Zlaten pour affirmer que « son voile, ce n'est pas un voile islamique ». Les hommes et les femmes politiques se sont égarés en s'immisçant dans des questions théologiques qu'ils ne maîtrisent pas, allant parfois jusqu'à s'ériger en experts. Ce n'est pas ce que les citoyens attendaient d'eux.

1. http://mlouizi.unblog.fr/2018/12/09/hakim-el-karoui-et-les-freres-musulmans-ici-et-maintenant/

## Un principe qui déborde la France

Répéter en boucle que la France est seule, dans le concert des nations occidentales, à connaître la laïcité a largement participé à l'affaiblir. La laïcité est apparue vulnérable, et c'est pourquoi elle a été régulièrement attaquée, pointée du doigt et désignée à la vindicte de tous ceux qui œuvrent à la faire voler en éclats, car ils ont compris que c'est elle qui joue en réalité le rôle de digue protectrice de la société.

Septembre 1960, un jeune sénateur vient d'être investi pour être le candidat des Démocrates à l'élection présidentielle américaine. Il doit faire face à l'hostilité d'un grand nombre de pasteurs, qui estiment qu'il ne peut pas présider l'Amérique. En cause, sa religion catholique, qui le rend suspect de ne pouvoir assumer de manière indépendante de son Église les grandes décisions pour le pays. Il s'agit de John Fitzgerald Kennedy. Ce dernier décide alors de s'adresser directement à un parterre de pasteurs. Ce sera devant l'Association des pasteurs de Houston : « Je crois en une Amérique où la séparation de l'Église et de l'État est absolue, où aucun prélat catholique ne dirait au Président (s'il est catholique) comment agir, et aucun ministre protestant ne dirait à ses paroissiens pour qui voter ; où aucune église ou école confessionnelle ne se voit accorder de fonds publics[1] », leur lance-t-il. Et c'est sur la Constitution de 1787 que le sénateur Kennedy va s'appuyer pour sa démonstration, rappelant aux pasteurs son sixième

1. J.F. Kennedy, Houston, 12 septembre 1960.

article selon lequel « les lois des États-Unis qui en découleront, tous les traités déjà conclus, ou qui le seront, sous l'autorité des États-Unis, seront la loi suprême du pays et aussi qu'aucune profession de foi religieuse ne sera exigée comme condition d'aptitude aux fonctions ou charges publiques sous l'autorité des États-Unis ». D'ailleurs, Thomas Jefferson, l'un des principaux rédacteurs de la Déclaration d'indépendance des États-Unis, soulignait que la Constitution américaine avait créé « un mur de séparation entre l'Église et l'État ». Qui a dit que la France était précurseur en la matière ?

À l'appui de sa promesse d'être un Président indépendant de tout pouvoir religieux, Kennedy rappelle également la déclaration des évêques américains qui, en 1948, « soutenaient fermement la séparation Église-État, et qui reflète le plus fidèlement les vues de presque tous les catholiques américains ». Il ne manque pas de citer en exemple deux hommes d'État, Adenauer et un certain… de Gaulle. Et il enfonce le clou : « Je ne parle pas pour mon Église sur les affaires publiques, et l'Église ne parle pas pour moi. »

Rappelons aux Américains, si prompts à fustiger la France, qu'elle n'est pas la seule nation laïque et que Kennedy a justement pu entrer à la Maison-Blanche grâce à l'existence de cette séparation et de cette hiérarchie des pouvoirs politique et religieux.

## Une offensive très préparée…

Si les Américains saisissent toute occasion pour blâmer la France et la mettre en difficulté sur les questions de laïcité, c'est que nos « alliés » n'ont pas compris que c'était le socle des droits humains fondamentaux, auxquels eux-mêmes attachent la plus haute importance, qui était de nouveau à défendre. Mais ne soyons pas naïfs. Si les Américains agissent de la sorte, c'est aussi pour s'attirer les bonnes grâces des populations de l'immigration, *« the french muslim population »*, comme il était écrit dans des câbles diplomatiques de l'ambassade des États-Unis à Paris, dont le programme d'action en France avait été révélé par WikiLeaks[1].

Il est, à bien des égards, regrettable que les Américains, à l'instar du Canada et d'autres pays dits multiculturalistes, se soient engagés avec fureur dans une défense primaire de ce qui leur semblait être la liberté de culte sans en mesurer les dangers.

Les problèmes qui se posent ne résident pas tant dans la liberté de culte, qui est reconnue, que dans la distinction nécessaire, en démocratie, entre temporel et spirituel ; entre existence civile et politique, et existence religieuse.

Et c'est bien parce qu'il existe une confusion du religieux et du politique chez une part des populations de l'immigration que des tensions ont fini par apparaître.

Il n'est pas aisé, pour des migrants dont les sociétés n'ont pas traversé les mêmes processus de laïcisation que l'Occident, de se départir d'un pan de ce qui constitue leur identité culturelle, et dans lequel ils puisent leurs habitudes de vie. De même qu'il n'est pas aisé, aujourd'hui, pour nombre d'Occidentaux de voir

1. Câble 10PARIS58, « Embassy Paris – Minority Engagement Strategy », janvier 2010.

réapparaître, au sein de leurs sociétés, des pratiques sociales dont certaines avaient été autrefois les leurs, et dont ils se sont départis.

Les Américains cherchent aussi à exporter leur modèle de société, considérant qu'il s'agit d'une façon de « promouvoir les intérêts nationaux américains ». C'est ainsi que, tout en s'achetant les bonnes grâces des populations des « banlieues françaises » en y déversant des millions de dollars, ils n'ont eu de cesse de mener des actions de lobbying auprès des élites françaises pour les amener à décomposer et fracturer le corps social, en y introduisant la discrimination positive, les politiques de diversité. Cette lutte contre les discriminations dont, selon eux, se rendraient coupables les Français.

La stratégie américaine consignée dans le câble diplomatique révélé par WikiLeaks était signée de l'ambassadeur des États-Unis en France, Charles Rivkin lui-même. Il y rendait compte à sa hiérarchie des avancées du plan déployé en France. L'offensive menée contre le modèle républicain français, ici, sur le sol français, y est décrite par le menu :

« Nous continuerons et renforcerons notre travail avec les musées français et les enseignants pour réformer le programme d'histoire enseigné dans les écoles françaises, pour qu'ils prennent en compte le rôle et les perspectives des minorités dans l'histoire de France. (…)

« Nous focaliserons notre discours sur le problème des discriminations. Lorsque nous nous exprimerons en public sur la communauté des démocraties, nous mettrons en avant, parmi les qualités de la démocratie, le droit d'être différent, la protection des droits des minorités, la valeur de l'égalité des chances, et l'importance d'une représentation politique fidèle (...).

« Lorsque nous enverrons des dirigeants français aux États-Unis, nous inclurons, aussi souvent que possible, une partie de leur voyage qui se focalisera sur l'égalité des chances. (...)

« Pour atteindre ces objectifs, nous nous baserons sur les programmes extensifs de diplomatie publique déjà en place, et développerons des moyens supplémentaires pour influencer la jeunesse française, utilisant de nouveaux médias, des partenariats d'entreprises, compétitions nationales, événements ciblés de sensibilisation, et spécialement avec des invités américains.

« S'appuyant sur notre travail avec les deux sites Web de premier plan axés vers les jeunes musulmans de langue française – oumma.fr et saphirnews.com –, nous soutiendrons, formerons et nous investirons dans des médias et des militants politiques qui partagent nos valeurs. (...) Nous devons également intensifier nos efforts pour faciliter l'enracinement d'échanges interreligieux. Nous allons partager en France, avec les communautés de foi et avec le ministère de l'Intérieur, les plus efficaces techniques pour enseigner la tolérance actuellement employées dans les mosquées, synagogues, églises et autres communautés religieuses américaines (...). »

« Nous continuerons nos efforts de sensibilisation vers les jeunes pour communiquer sur nos valeurs partagées avec les jeunes Français de tous milieux socioculturels (...) En pesant fortement sur les médias, nous voulons gagner la confiance et améliorer notre compréhension des jeunes de différentes origines. (...) »

Cette offensive menée sur la cible « jeunes » a si bien réussi que l'on peut désormais mesurer, en France, la fracture générationnelle sur un grand nombre de sujets qui touchent aux modalités du vivre ensemble. Les jeunes sont de plus en plus nombreux à tourner le dos au modèle universaliste français. Ils ont, malgré eux, subi une forme de lavage de cerveau et se sont mués en défenseurs du modèle diversitaire et communautarisé américain. Un modèle centré sur les identités particulières, sur le respect des différences, même lorsque ces dernières entrent en collision avec les fondamentaux culturels d'égalité républicaine et de laïcité. Et cela n'est pas seulement à mettre au crédit de l'évolution démographique dans laquelle la part des « minorités » augmente. Les jeunes de souche culturelle occidentale, eux aussi, peu à peu divorcent du modèle républicain français.

Comme en témoigne l'enquête du magazine *Marianne*, l'offensive américaine contre le modèle français se poursuit et n'a jamais cessé[1]. Il suffit d'observer ce qui s'est produit en France pour réaliser à quel point l'emprise américaine est totale dans de nombreux domaines de la vie quotidienne, incluant le monde éducatif, la jeunesse, le monde politique, celui de la musique, l'univers des médias. Jusqu'aux modalités de représentation dans les clips publicitaires ! Rien n'a été laissé au hasard. La vision des autres et du monde, y

1. « Comment les États-Unis infiltrent nos banlieues », *Marianne*, 4 janvier 2019.

compris au sein des universités, est celle qui est centrée sur les identités : le wokisme. La place a été nettoyée. Le wokisme ne pouvait qu'y prospérer.

Dès mars 2006, soit quelques mois seulement après les émeutes de novembre 2005, Jérôme Monod, l'un des plus proches conseillers politiques du Président Jacques Chirac et fondateur de la Fondation pour l'innovation politique, avait publié un rapport nourri par la mission qu'il venait tout juste d'effectuer à New York et à Washington, entre le 25 janvier et le 1er février de la même année. Ce qui ne laisse pas de surprendre, c'est qu'en dépit de la mention, noir sur blanc, des nombreux effets pervers redoutables du modèle américain, on y retrouve parmi les recommandations « susceptibles d'être développées en France dans les institutions et les pratiques » la plupart des mesures politiques qui ont justement conduit à l'aggravation des fractures de cette même société américaine. Au chapitre « Lutte contre les violences dans les quartiers défavorisés », figure le conseil suivant : « Promouvoir une culture de "l'accommodement raisonnable" des différences qui respecte à parts égales le pays et la culture d'origine et la France. » Suit une série de recommandations destinées à aider à la « formation de l'identité et de la différence » qui passe par « l'apprentissage des grandes traditions religieuses », « l'enseignement de l'histoire de la France ainsi que celles des pays d'origine, sans occulter les réalités du racisme, de la colonisation, de l'esclavage, des mouvements de résistance et des droits de l'homme » ; enfin, « l'enseignement dans les quartiers des langues de l'immigration en même temps que le français et l'anglais ».

Au vu de l'extraordinaire réussite de la stratégie américaine dont chacun peut désormais observer les effets, peut-on raisonnablement penser que la classe dirigeante a su défendre la souveraineté de la France ?

Le philosophe Luc Ferry nous dit la genèse de ce wokisme, ses fondements et ses objectifs : « La déconstruction, c'est la base du politiquement correct. C'est sa racine en quelque sorte, c'est sa racine philosophique. » Ce wokisme, cette déconstruction qui minent la cohésion de nos sociétés et menacent de faire voler en éclats les nations, il faut commencer par bien les identifier et les cerner. Car pour bien agir, il faut d'abord comprendre.

Luc Ferry : « Le terme *woke*, pas grand-monde ne sait d'où il vient, il est très utilisé aujourd'hui dans le domaine de la *cancel culture* et du *woke*, donc le *woke*, ce sont ceux qui se disent éveillés puisque c'est ça que ça veut dire en anglais, ça regroupe à la fois l'écologie décroissante fondamentaliste, le féminisme radical et puis les décoloniaux. (...) Quant au mot "déconstruction", il vient de Heidegger, "Abbau der Metaphysik" (déconstruction de la métaphysique). C'est l'idée qu'on va déconstruire la radicalité occidentale capitaliste, ce que Heidegger appelle le monde de la technique, et ce sera repris et popularisé par Jacques Derrida aux États-Unis. C'est lui qui va lancer le thème de la déconstruction aux États-Unis, le reprenant à Heidegger. Mais ça, les Américains ne le voient pas. Dans les facs américaines on ne s'en aperçoit pas, on attribue le terme à Jacques Derrida. Jacques Derrida a une formule qui est à l'origine de ce politiquement correct du wokisme. Il dit : "On va déconstruire le phallo-logo-centrisme." (...) Cette idée de déconstruction telle que Derrida la popularise aux États-Unis va accoucher du politiquement correct qui débouche sur le wokisme (...). Déconstruire le phallus : c'est le féminisme. Déconstruire la rationalité : c'est l'anticapitalisme. Déconstruire l'Occident central : c'est le décolonialisme[1]. » Sacré programme !

Heidegger est celui qui voulait mettre fin à « l'enjuivement de son peuple » et dont la philosophie a inspiré Hitler. Quelle noble filiation pour le wokisme et les déconstructeurs !

Et c'est seulement aujourd'hui que la presse se réveille et semble s'indigner. Souvenons-nous de l'un des axes de l'ingérence américaine en France : « Nous soutiendrons, formerons et nous investirons dans des médias et des militants politiques qui partagent nos valeurs. » Nombre de médias ont été, sans en anticiper les conséquences, le bras armé de cette diabolique stratégie américaine.

Ils jouent un rôle de chef d'orchestre. Ils filtrent l'information et choisissent ceux à qui il convient de donner voix au chapitre. Il est très difficile d'y tenir un langage de vérité. J'en ai maintes fois fait les frais. Invitée des « Matins de France Culture », une émission de haute tenue, je me suis retrouvée déprogrammée de la veille au lendemain. Le journaliste Brice Couturier, qui officiait alors dans cette matinale, en fut stupéfait. Que s'était-il passé ? Entre-temps, l'attentat du Bataclan s'était produit...

1. Luc Ferry dans « Esprits libres », Radio Classique, 1er novembre 2021.

La stratégie d'influence des États-Unis mise également sur un autre axe, celui des *Young Leaders*. Les Américains repèrent des figures dans différents domaines avec pour objectif « de créer et d'entretenir un réseau informel d'hommes et de femmes appelés à occuper des postes clés dans l'un ou l'autre pays (France et États-Unis) ». Peu importe qu'ils soient politiquement de droite ou de gauche ! Afin de tisser une toile, un réseau et des liens directs entre eux, les Français repérés sont mêlés à des Américains et ces derniers n'en font nullement mystère : « Nous comptons parmi les anciens *Young Leaders* de nombreux ministres du gouvernement actuel et des précédents, plusieurs hauts responsables de la presse écrite ou parlée, des présidents d'entreprises cotées au CAC 40 ou des secteurs de services et de haute technologie, mais aussi des artistes, écrivains, scientifiques… »

Les noms de ces personnalités sont accessibles[1] au grand public et on y trouve des personnalités qui, en France, participent à influencer les décisions. Il serait fort instructif d'analyser l'ensemble des prises de position qui ont été celles de ces *Young Leaders*, dès lors que les Américains pouvaient estimer que leurs intérêts étaient concernés, de près ou de loin, y compris dans la diffusion de leurs idéaux de « diversité », « discrimination positive », « traité de libre-échange, OTAN, relation de la France avec des adversaires des États-Unis »…

Voici une liste non exhaustive mais fascinante de ces *Young Leaders*. 1981 : Michel Bon, Alain Juppé, Alain

1. https://french-american.org/programmes/young-leaders/historique-des-promotions-young-leaders/

Minc. 1983 : Hillary Rodham Clinton, Jean-Marie Colombani, Jean-Noël Jeanneney, Christine Ockrent, Guy Sorman, Jacques Toubon. 1984 : Bernard Guetta. 1994 : Henri de Castries, Éric Fassin, Jean-Louis Gergorin, Laurent Joffrin, Philippe Manière, Éric Raoult. 1995 : François Villeroy de Galhau (aujourd'hui gouverneur de la Banque de France). 1996 : François Hollande, Pierre Moscovici. 1998 : Nicolas Bazire, Antony Blinken, Bruno Le Roux, Aquilino Morelle, Marisol Touraine. 1999 : Frédérique Bredin, Emmanuel Chain, Marwan Lahoud. 2002 : Matthieu Croissandeau, Alexandre de Juniac, Valérie Pécresse. 2003 : Jérôme Chartier. 2005 : Louis Dreyfus, Olivier Ferrand, Yves de Kerdrel, Nathalie Kosciusko-Morizet, Emmanuelle Mignon, Matthieu Pigasse. 2006 : Najat Vallaud-Belkacem, Laurent Wauquiez. 2007 : Hakim El Karoui. 2010 : Jeannette Bougrab, Laurent Vigier. 2011 : David Barroux, Édouard Philippe. 2012 : Emmanuel Macron, Fleur Pellerin, Cédric Villani. 2018 : Maël de Calan, Amélie de Montchalin et dans la promotion 2019, on trouve Erwin Bruder, lieutenant-colonel de l'armée de terre, et Delphine O, ambassadrice et secrétaire générale de la Conférence mondiale de l'ONU sur les femmes.

La Chine a probablement estimé que la stratégie américaine d'influence et de préservation de ses intérêts était concluante puisqu'elle s'en est inspirée. Elle a copié son approche et a ainsi créé les *Sino-French Young Leaders* avec exactement les mêmes objectifs que les « alliés » américains de la France, qu'elle délivre dans un anglais assez primitif mais très accessible : « *Created during the summer of 2012 by a team of diplomats, entrepre-*

*neurs and artists, the France China Foundation encourages the development of relationship between French and Chinese leaders, to stimulate their interest in the other country and to inspire them to set up joint projects*[1]. » Là aussi, l'information est accessible au grand public pour peu qu'il accepte d'user de son libre arbitre pour se forger sa propre opinion.

Du plus haut de l'échelle sociale jusqu'à son plus bas, chacun a ses raisons de refuser de regarder la réalité en face. Une large majorité ne veut entendre que ce qui l'arrange, à savoir de belles histoires, celles qui trouvent un dénouement heureux sans qu'aucun des protagonistes de l'affaire ait eu à concéder le moindre effort.

## La laïcité, une garantie

Dans les pays laïques, les hommes et les femmes sont libres. La capacité d'innovation et de création procède directement de cette liberté de penser. Je peux même dire que c'est là que réside une des clés de compréhension du différentiel de développement économique qu'on observe entre aires géographiques et culturelles. Sans compter que l'énergie dépensée à contrôler et à s'assurer que chacun se conforme bien aux mœurs décrétées « bonnes » est autant d'énergie qui ne sera pas affectée à la création et à l'innovation.

Alexis de Tocqueville a bien souligné l'importance d'une école laïque. Le 4 février 1844, dans l'une de ses

1. https://www.francechinafoundation.org/the-france-china-foundation/

correspondances, il écrit : « Je tiens pour constant que l'éducation laïque est la garantie de la liberté même de penser. Je crois fermement que l'Université doit rester le foyer principal des études, et que l'État doit conserver des droits de surveillance très étendus sur les écoles mêmes qu'il ne dirige pas. » Aujourd'hui, en raison de son analyse et de ses recommandations, Tocqueville se verrait traiter de laïcard, aussi bien par les milieux dits conservateurs que ceux de « l'islamo-gauchisme » ou de « l'islamo-droitisme » ! Cela illustre l'ampleur de la régression de la société française et de ses élites, sur un sujet pourtant ô combien décisif pour le destin de la France en tant que nation.

27 novembre 1883 : Jules Ferry, le ministre de l'Instruction publique qui a tant fait pour l'éducation du plus grand nombre et qui va durablement marquer de son empreinte l'école de la République telle que nous la connaissons, adresse sa lettre aux instituteurs. Cette circulaire fait suite à la loi du 28 mars 1882, qui a trait à l'école primaire obligatoire et laïque. À l'aide d'exemples concrets, Jules Ferry entend guider les instituteurs dans leur nouvelle mission, l'enseignement moral et civique : « Vous êtes l'auxiliaire et, à certains égards, le suppléant du père de famille : parlez donc à son enfant comme vous voudriez que l'on parlât au vôtre ; avec force et autorité, toutes les fois qu'il s'agit d'une vérité incontestée, d'un précepte de la morale commune ; avec la plus grande réserve, dès que vous risquez d'effleurer un sentiment religieux dont vous n'êtes pas juge[1]. »

1. https://www.ac-paris.fr/portail/upload/docs/application/pdf/2015-06/lettre_ferry_instituteurs.pdf

Quelle est l'efficience, pour les temps présents, de ces recommandations de Jules Ferry ? La plupart ne sont plus opérantes. Elles sont même, pour nombre d'entre elles, hautement contre-productives. J'en veux pour preuve les innombrables remontées de terrain dont nous avions connaissance au Haut Conseil à l'intégration. Littérature ; sciences ; histoire ; musique ; chant ; enseignement moral et civique ; éducation physique et sportive ; mathématiques (certains élèves refusent de dessiner toute figure qui s'approche tant soit peu d'une croix) ; sorties scolaires (des élèves refusent de s'approcher d'une croix lors de visites de monuments aux morts)... Pas une journée ne s'écoule, aujourd'hui en France, sans qu'un instituteur ou un enseignant se trouve dans la situation de « risquer d'effleurer un sentiment religieux ».

Lors d'auditions menées par le Haut Conseil à l'intégration dans le cadre de la préparation de notre rapport sur l'enseignement supérieur, une femme professeur de philosophie nous avait raconté qu'un élève de classes préparatoires aux grandes écoles avait refusé de passer son oral avec elle, au seul motif qu'elle était une femme. Classes préparatoires, autrement dit l'élite de l'élite ! Ailleurs, ce sont des élèves qui contestent l'étude de la pensée de Voltaire, de Thomas d'Aquin ou de bien d'autres penseurs. Dès lors qu'on suivrait à la lettre les recommandations de Jules Ferry, alors on cesserait de transmettre des pans entiers de savoir et on accélérerait ainsi le déclin de la France dans les classements TIMMS et PISA. Les retombées sur le rang de la France parmi les puissances économiques mondiales ne tarderaient pas à se faire sentir. Mais pas seulement, car les savoirs que transmet l'école participent aussi de la mission de préparation du citoyen de demain.

Les maux de l'économie française sont nombreux : « désindustrialisation, perte de compétitivité, déficits commerciaux abyssaux, chômage de longue durée endémique, prélèvements obligatoires records... » Lorsque *L'Express* interroge l'économiste Patrick Artus pour savoir à quel chantier il conviendrait de s'attaquer en priorité, il répond : « À aucun de ceux-là ! Tout ce que pourra lancer le prochain exécutif échouera si on ne résout pas le gigantesque problème de la France, celui de la perte de compétence de la main-d'œuvre. Quels que soient l'âge ou le niveau d'éducation, les compétences des salariés français ont décroché. Notamment dans les domaines scientifiques. Or, dans le monde d'extrême concurrence dans lequel nous sommes aujourd'hui, la maîtrise des compétences est cruciale[1]. »

Dans sa lettre aux instituteurs, Jules Ferry enfonce le clou : « Si parfois vous étiez embarrassé pour savoir jusqu'où il vous est permis d'aller dans votre enseignement moral, voici une règle pratique à laquelle vous pourrez vous tenir. Au moment de proposer aux élèves un précepte, une maxime quelconque, demandez-vous s'il se trouve à votre connaissance un seul honnête homme qui puisse être froissé de ce que vous allez dire. Demandez-vous si un père de famille, je dis un seul, présent à votre classe et vous écoutant, pourrait de

1. Patrick Artus, propos recueillis par Béatrice Mathieu, *L'Express*, 20 octobre 2021.

bonne foi refuser son assentiment à ce qu'il vous entendrait dire. Si oui, abstenez-vous de le dire. » En le relisant, on ne peut s'empêcher d'avoir le cœur serré et une pensée empreinte d'une infinie tristesse pour Samuel Paty. Selon une étude de l'Ifop datée de septembre 2020, près de 40 % des enseignants déclarent s'autocensurer pour ne pas créer de problèmes avec les élèves. Et dans les ZEP, ils sont plus de 50 %. Ces chiffres sont à mettre en regard du sondage Ifop du 2 septembre 2020 pour *Charlie Hebdo* et la Fondation Jean-Jaurès, selon lequel « 74 % des Français musulmans de moins de 25 ans affirment mettre l'islam avant la République ».

Ces chiffres extrêmement élevés d'autocensure chez les enseignants auront à terme, à n'en pas douter, de graves conséquences sur le devenir de la société française. Le contenu de la lettre de Jules Ferry éclaire de manière brutale les causes de la lente agonie de l'école, qui échoue désormais de plus en plus à assurer sa mission pour ne pas avoir su mettre le holà, dès les premières remises en cause.

Fatiha Agag-Boudjahlat enseigne l'histoire-géographie au collège. Lors d'un débat organisé au moment de la commémoration de l'assassinat de Samuel Paty, elle a raconté l'expérience qu'elle avait conduite avec ses élèves et qui donne la pleine mesure de l'effrayant défi à relever : « J'ai conduit un projet sur la laïcité (...) Faut-il plus de limites à la liberté d'expression ? La majorité des élèves, effectivement, pensaient qu'on devait exclure de la liberté d'expression les considérations, les remarques, les moqueries, les critiques de la religion. Parce qu'on est face à des jeunes, surtout musulmans, pour qui l'identité religieuse est dominante. C'est-à-dire que rien ne doit pouvoir venir critiquer ou permettre de moquer les convictions. (...) On n'a pas affaire à des élèves radicalisés (...) par contre, on a des élèves extrêmement bigots. Des élèves dont les parents leur ont fait comprendre que rien n'était plus important que la foi religieuse, dont les parents sont très contents de savoir qu'ils font le ramadan de plus en plus jeunes, et on a donc des gamins qui n'arrivent pas à avoir de la distance par rapport à leurs convictions religieuses et par rapport à leur foi (...)[1]. » Et là, on a seulement envie de comprendre : France, pourquoi as-tu été entraînée dans une telle galère ?

Il est souvent reproché, à tort, aux parents de l'immigration de démissionner de leur rôle éducatif. Or, dans leur écrasante majorité, ces parents ne démissionnent pas. Tout comme le font les parents de souche culturelle occidentale, eux aussi transmettent leurs propres normes collectives à leurs enfants, qui ne correspondent pas toujours au contenu de la culture scolaire, fondée en France sur les principes de Liberté-Égalité-Fraternité-Laïcité.

L'éducation laïque passe aussi par la transmission de la langue. La langue n'est pas un outil de communication comme un autre. Elle joue un rôle éducatif de premier ordre. La langue n'est ni inerte ni neutre, puisqu'elle véhicule une vision des autres et du monde. Elle porte les normes culturelles et le projet politique de la société et possède une puissance mobilisatrice.

---

1. Fatiha Agag-Boudjahlat, « Soir info week-end », CNEWS, 16 octobre 2021.

Ceux qui manient plusieurs langues le savent, les mots ne résonnent pas de la même manière et ne renvoient pas au même imaginaire d'une langue à l'autre.

Dans certaines écoles, on dénombre plusieurs dizaines de nationalités et une forte proportion de parents qui ne parlent pas le français. Aussi, plus la culture des migrants se révèle éloignée de celle du pays d'accueil, plus il importe que leurs enfants apprennent à maîtriser sa langue au travers de ses grands textes de littérature, mais il importe également que leurs parents apprennent cette langue et, surtout, la pratiquent au quotidien avec leurs enfants. C'est une condition nécessaire pour faciliter leur insertion puis leur intégration culturelle. Au Haut Conseil à l'intégration, lorsque nous avions auditionné les associations de parents d'élèves, il s'en était trouvé pour exiger que l'État finance une armada d'interprètes, affectés auprès des écoles pour y servir d'intermédiaires entre les parents et le corps enseignant. Ces associations pensaient-elles que ces parents étaient incapables d'apprendre le français ? Et comment donc avaient fait, avant eux, des générations de parents de l'immigration, y compris extra-européenne ?

## Je doute, donc je suis

Dans les sociétés qui privilégient la religion comme principe organisateur de la cité, les familles bannissent le doute et combattent l'interrogation. Les enfants sont élevés dans un univers de certitudes et de vérités intangibles. Or c'est le doute qui pousse au questionnement, qui attise la curiosité intellectuelle, afin d'aller toujours de l'avant dans la quête du savoir. C'est encore le doute qui fait éclore l'étonnement sans lequel la pensée finit par s'atrophier. « L'étonnement est un sentiment philosophique ; c'est le vrai commencement de la philosophie[1] », disait déjà Platon. Et en effet, sans cette capacité à s'étonner, l'enfant court le grand risque de devenir un oiseau dont on aurait rogné les ailes. Dès lors, comment maintenir cette curiosité sans laquelle transmission et acquisition des savoirs se retrouvent altérées, voire compromises ? Cette liberté de penser, de douter et de pouvoir s'étonner traduit notre foi dans la capacité de l'homme à innover. À l'inverse, sa soumission à la fatalité le dépossède, peu à peu, de ce précieux capital dont tout enfant est pourvu au moment de sa naissance.

Il n'y a guère de hasard à ce que « la pensée occidentale s'allie somptueusement à la puissance et au désir de découverte[2] », comme l'exprime Édouard Glissant ; c'est que l'Occident a accompli bien des révolutions culturelles. En Occident aussi, la liberté de douter, de s'étonner et de penser s'est longtemps trouvée encadrée et contrariée. Le pouvoir de quelques-uns, et notamment celui de l'Église, tirait profit de l'ignorance des masses.

Parmi les nombreuses conséquences de la formation de diasporas qui surveillent, contrôlent les familles et luttent contre leur émancipation, il en est une qui agit

1. Platon, *Théétète, ou de la Science*, traduction par Victor Cousin, éditions Bossange Frères, 1824.

2. Édouard Glissant, « Bibliothèque Médicis », Public Sénat, 8 mai 2009.

directement sur l'école. Pour nombre de familles de l'immigration, l'école idéale devrait seulement transmettre des savoirs qui ne poussent pas à cultiver l'esprit d'analyse ni l'esprit critique, tous deux susceptibles d'émanciper leurs enfants. L'idéal pour ces familles serait une école-buffet dans laquelle leurs enfants piocheraient les connaissances et les règles qui s'inscrivent dans une parfaite continuité avec les règles et les normes de leur communauté culturelle ou diaspora.

Mais il y a un autre aspect qu'il ne faut pas sous-estimer. Une éducation qui aura réduit drastiquement le champ des expériences autorisées pour l'enfant finit par entamer son capital de confiance en lui-même, et en ses capacités intrinsèques. Car c'est, entre autres, en expérimentant puis en apprenant de ses propres erreurs et échecs que l'enfant se bâtit un « capital confiance », capital qui lui sera d'un apport crucial au long de sa scolarité. La confiance en soi amène l'estime de soi. C'est cela qui, souvent, crée une différence entre les enfants et éloigne de ce fait toute possibilité d'égalité des chances.

De toute évidence, cette école-buffet où les enfants n'accèdent pas tous aux mêmes savoirs ruinerait le projet intégrateur de l'école de la République et anéantirait toute ambition d'égalité des chances. Accepter cette notion ferait de notre système scolaire un système à deux vitesses, l'un conduisant l'élève à une totale disponibilité d'esprit qui le place sur une rampe de lancement, et l'autre l'enfermant dans un monde de certitudes qui le mènerait rapidement à un plafond infranchissable. C'est pourtant cette logique de l'école-buffet qui, s'imposant peu à peu, a fini par triompher, avec les résultats que nous pouvons dès à présent mesurer…

## Il n'y a pas de morale universelle

Jules Ferry, encore, aux instituteurs : « Ce que vous allez communiquer à l'enfant, ce n'est pas votre propre sagesse ; c'est la sagesse du genre humain, c'est une de ces idées d'ordre universel que plusieurs siècles de civilisation ont fait entrer dans le patrimoine de l'humanité. » C'est bien là le péché originel des Occidentaux, celui de croire que les principes et valeurs qu'ils ont adoptés après plusieurs siècles de combats culturels et politiques sont d'une portée universelle et font partie du patrimoine de l'humanité !

Le contenu de la citoyenneté se construit d'abord au sein de la famille où les enfants en font l'apprentissage par mimétisme, en observant leurs parents. La meilleure voie d'acquisition des principes et des valeurs, c'est la pratique, et cela se joue très tôt, dès la maternelle. En 2007, le linguiste Alain Bentolila avait remis un rapport en ce sens à Xavier Darcos, alors ministre de l'Éducation nationale. Il y évoquait l'existence de problèmes de compatibilité culturelle entre l'école et la maison pour ces « enfants venus d'ailleurs[1] », et alertait sur le fait qu'« il est temps que parents et enseignants s'accordent ensemble, au sein

1. « La maternelle au front des inégalités linguistiques et sociales », rapport au ministre de l'Éducation nationale Xavier Darcos, décembre 2007.

de chaque établissement, sur les termes d'une compatibilité culturelle entre l'école et la maison ». Ce qui relève tout bonnement de l'impossible. À moins que l'école de la République ne cesse de transmettre une part substantielle de ce qui fait l'identité française : Liberté-Égalité-Fraternité-Laïcité. Ce serait donc la France qui disparaîtrait en tant que France française.

Quelques années auparavant, trois sociologues avaient prévenu : « Le savoir est, de plus, lié à la structure psycho-familiale dans le sens où l'enfant identifie le maître comme figure de la continuité parentale ou comme dérivée. Si cette figure s'avère, aux yeux de l'enfant, trop différente, il doit, consciemment ou inconsciemment, décider quel savoir adopter, ce qui peut créer des conflits identificatoires chez certains élèves. Certains enfants issus de l'immigration échouent à l'école parce qu'ils se sentent tiraillés entre leur culture d'origine et la culture qui leur est inculquée en classe ; l'enfant qu'ils sont dans leur famille s'oppose à l'élève qu'ils doivent être à l'école[1]. » Comment espérer qu'un enfant ainsi écartelé et tourmenté par ce qui n'est autre qu'un grave conflit de loyauté puisse s'investir corps et âme dans l'acquisition des savoirs qui lui sont transmis et réussir avec la même aisance que d'autres enfants – y compris de l'immigration – qui auront été accompagnés par leurs parents ?

Lorsque la laïcité se trouve attaquée, elle ne l'est pas par ignorance, mais en pleine connaissance de ce qu'elle signifie et de ce qu'elle représente. Et lorsque

1. Nicole Mosconi, Jacky Beillerot, Claudine Blanchard-Laville, *Formes et formations du rapport au savoir*, L'Harmattan, juin 2000.

des parents se dressent contre l'école, ou à tout le moins entravent le travail des enseignants, c'est justement parce qu'ils ont parfaitement réalisé que cette école, par le savoir qu'elle transmet, par la formation des esprits à laquelle elle concourt, par son projet émancipateur qui vise à préparer des citoyens libres, cette école va tout bonnement leur rendre leurs propres enfants dissemblables. Alors ils résistent, afin d'empêcher leurs enfants d'adhérer à la philosophie de l'école de la République française ; ils le font souvent inconsciemment, parfois de manière tout à fait consciente.

Le comportement de ces parents est humain et rationnel ; mais pour devenir perméables aux enseignements, les enfants devront trouver la force et la motivation de leur devenir quelque peu dissemblables, et c'est là que le bât blesse. Comme l'ont relevé les sociologues Claudine Attias-Donfut et François-Charles Wolff, une bonne proportion est éduquée dans l'obéissance absolue aux parents. C'est ainsi qu'à la question qui leur était posée 75 % des Marocains, 72 % des Algériens et 66 % des Sub-Sahariens affirmaient « qu'on devrait toujours se comporter en accord avec ce que souhaitent les parents ». Ce que seulement 27 % des Européens du Nord approuvent. Et les deux sociologues de noter que « la prescription d'obéissance imposée aux enfants se double d'une demande d'allégeance spirituelle et intellectuelle (...). Or la logique de l'individualisation implique de respecter la liberté des enfants et leurs divergences par rapport aux parents. Il en va tout autrement dans les trois pays du Maghreb, au Portugal et en Turquie, où la plus grande partie des parents estiment important que leurs enfants pensent comme eux, à plus de 72 % [1] ».

Une fois de plus, les élites se sont fourvoyées en pensant qu'il convenait d'augmenter la pression et les sanctions envers les mineurs, quand il fallait, tout au contraire, non seulement faire peser la pression sur les parents mais également placer ceux-ci face à leurs responsabilités. Y compris par la contrainte en réparation des agissements de leurs enfants. Du fait de l'obligation d'obéissance des enfants envers leurs parents, ce sont bien ces derniers qui constituent le talon d'Achille. C'est donc de les sanctionner qui peut se révéler efficace dans la prévention des récidives, tandis que sanctionner directement le mineur laisse celui-ci de plus en plus de marbre, et ne dissuade pas systématiquement la récidive. Notre société agit comme si ces enfants s'étaient auto-engendrés. Une sanction n'est réputée efficace que lorsqu'elle prévient toute récidive. De plus, responsabiliser individuellement, c'est aider à construire cette dimension qui fait justement défaut dans les groupes culturels qui cultivent la négation de l'individu en tant que tel.

Comme je l'écrivais dans la revue *Administration et éducation*, l'élève qui arrive à l'école n'est jamais « une page blanche » sur laquelle l'enseignant, dans le but de l'éduquer et de l'instruire, pourrait librement écrire. Lorsque l'enfant rencontre ses premiers instituteurs, ses parents lui ont déjà imprimé leur marque ; et ils continueront d'écrire sur cette « page blanche », même

1. Claudine Attias-Donfut, François-Charles Wolff, *Le Destin des enfants d'immigrés*, Stock, 2009.

lorsque le corps enseignant aura bien entamé la mission qui lui est confiée. « L'élève est dans la situation d'une roue dentée dont les dents ont été usinées par ses parents. Si cette roue s'engrène avec aisance dans celle de l'école, la transmission est immédiate. Sinon, l'enseignant doit consacrer une partie de son temps à modifier le système d'engrenages pour rendre possible la transmission, sans certitude de pouvoir éliminer les frottements qui en altéreraient le rendement. C'est ce volet éducatif, opéré au détriment du volet instruction, qui va dès le départ creuser le fossé entre ces "enfants à frottements" et ceux dont la "compatibilité" a été assurée en amont par la famille [1]. »

Ce fut une grossière méprise que de croire que la simple pédagogie aplanirait les difficultés. Cela procède de cette même aveuglante arrogance qui amène à penser que les autres, forcément, sont en quelque sorte inférieurs, qu'ils ne comprennent pas d'eux-mêmes et qu'il suffit de leur expliquer, de faire œuvre de pédagogie, pour qu'ils se résolvent à accomplir quelque chose qui leur est foncièrement désagréable, car contraire à leurs us et coutumes.

« L'enseignement du fait religieux dans l'école laïque », introduit à l'école après de longues années de débats autour du rapport de Régis Debray, est révélateur de la méconnaissance des ressorts profonds de cette dissonance identitaire qui s'empare d'une partie

1. Malika Sorel, « École et parents : quand le communautarisme s'invite à la table de la République », *Revue de l'Association française des acteurs de l'éducation* (AFAE), n°128, décembre 2010.

des enfants de l'immigration, pris entre deux histoires et deux civilisations.

Les Occidentaux (et encore, pas tous !) ont mis des siècles avant de pouvoir prendre ne serait-ce qu'un peu de recul vis-à-vis de leurs convictions religieuses. Il n'en va pas de même pour une partie des élèves des familles de culture musulmane. Sitôt que des questions touchant de près ou de loin aux religions islamique, hébraïque ou chrétienne sont abordées en classe, ces élèves peuvent se sentir plongés dans une situation qui leur fait endosser, tour à tour, la robe du juge ou celle de l'avocat. Et c'est ainsi que l'enfant quitte son statut d'élève pour revêtir l'habit du croyant. Ils sont à un âge où une telle situation affective et morale ainsi créée est difficile à gérer, aussi bien vis-à-vis de soi-même que des autres. Cette situation, si elle devient inextricable, crée une souffrance qui amène l'élève soit à se renfermer sur lui-même, soit à verser dans la provocation et le chahut et ainsi perturber le climat de la classe. Cette volonté de perturber fait écho à la perturbation intérieure. Les réseaux sociaux offrent de surcroît la possibilité de poursuivre sans fin les discussions ou querelles à l'extérieur des établissements scolaires.

Quand la dispute est potentiellement partout, la sérénité profonde, si importante pour les apprentissages, n'est nulle part. Maintenant que l'on constate les effets de la mutation de l'élève en croyant, d'aucuns font mine de s'en étonner ou de s'en offusquer. Pour toutes les raisons que j'ai évoquées et du fait même de l'évolution démographique du public scolaire, il importait encore bien davantage que l'école demeurât le sanctuaire qu'elle a longtemps été. Les adultes occidentaux en ont décidé autrement, en y laissant entrer la fureur et le tumulte du monde.

## Déghettoïser

Dans l'édition 2018 de l'évaluation PISA, la France se « distingue » comme l'un des trois pays où les plus grandes préoccupations des élèves sont liées aux problèmes de discipline en classe. L'indiscipline y bat des records, et la relation entre élèves et professeurs y est dégradée. Plus de deux élèves sur cinq déclarent que le temps d'apprentissage se trouve réduit du fait du bruit. Dans les classements internationaux, voilà déjà quinze ans que la proportion d'élèves qui tirent le classement de la France vers le bas est de plus en plus forte et que, dans le même temps, les meilleurs élèves sont de moins en moins bons pour ce qui concerne les mathématiques. Dans l'édition 2019 de TIMSS *(Trends In International Mathematics and Science Study)*, la France est tout simplement classée dernière des pays de l'Union européenne. Et lorsqu'on intègre les pays tiers, elle se retrouve derrière l'Azerbaïdjan et le Kazakhstan ! Bien sûr, d'autres raisons existent, qui expliquent ces piteux résultats, mais rien ne peut pallier l'absence d'un climat propice aux apprentissages.

Comme je l'avais exprimé lors de mon audition par la mission parlementaire sur le code de la nationalité, « l'échec de l'insertion et de l'intégration est imputable à des raisons exogènes à l'école. Et c'est justement parce que nous ne l'avons pas perçu que nous sommes dans certaines difficultés ». En France, plutôt que de réfléchir avec sérieux, les dirigeants politiques, de droite comme de gauche, ont persisté et persistent encore à vouloir « déghettoïser », selon leur terminologie. « Le but avoué est d'accroître la mixité sociale, dans le but non avoué de "déghettoïser" les quartiers sensibles... donc de répandre les braises à travers le territoire. Étrange que cette nouvelle méthode d'extinction des feux. Gageons qu'elle amplifiera à terme les problèmes sur le territoire national, puisqu'elle n'a été préalablement accompagnée d'aucun traitement de la source des difficultés[1]. » Nous y sommes et chaque citoyen peut désormais observer les résultats de ces politiques superficielles.

En Algérie, aussi bien au collège qu'au lycée, nous étions près de quarante par classe. L'écrasante majorité des élèves était issue de familles plutôt modestes entassées dans des logements exigus. Les parents, pour la plupart, n'avaient pas suivi de longues études. Les établissements scolaires étaient dotés du strict minimum. L'hiver, il nous arrivait même d'avoir froid en classe. Si l'on suit le raisonnement matérialiste qui prévaut dans les sociétés occidentales, raisonnement sorti des brillants cerveaux formés dans les non moins brillants cursus de l'enseignement supérieur, la plupart d'entre nous étions donc voués à demeurer incultes et flirter avec la délinquance. Pour l'éviter et tenter de nous placer sur le chemin de la réussite, il eût donc fallu tous nous séparer et nous disperser, comme on le fait en France selon la recette bien rodée d'éclatement de la carte scolaire...

---

1. Malika Sorel-Sutter, *Immigration, intégration : le langage de vérité*, Mille et une nuits, 2011.

Or nous n'avons jamais été outrageants, et encore moins violents. Inimaginable ! Dès que l'enseignant ouvrait la bouche, sa parole était recueillie dans un silence quasi religieux. Chahuter en classe en sa présence ne nous aurait pas effleuré l'esprit ; arriver en classe sans avoir travaillé ses devoirs était impensable.

Des années plus tard, j'ai retrouvé ici en France, et plus précisément en région parisienne, un couple d'enseignants de mon collège en Algérie. Ils étaient alors à quelques petites années de la retraite. Ils auraient souhaité de tout cœur terminer leur carrière en Algérie, mais l'Algérie avait décidé de stopper la coopération technique des enseignants français. Peu de temps après avoir regagné la France, ils décidèrent de cesser l'enseignement : « Ici, ce sont des sauvages. Enseigner n'est pas possible », me dirent-ils, regrettant avec beaucoup de nostalgie la qualité de l'ambiance dans laquelle ils s'étaient toute leur vie appliqués à transmettre les savoirs à leurs élèves en Algérie. Ethniquement, ils avaient, pour beaucoup des élèves de leurs nouvelles classes de banlieue parisienne, affaire au même public mais les comportements n'avaient aucun point commun. Là-bas, c'était le respect de l'enseignant et des savoirs qui prévalait, aussi bien chez les élèves que chez leurs parents. En France, là où ils avaient été affectés, rien à voir. C'est dire à quel point la société d'accueil et avec elle le monde politique ont joué un rôle dans la dégradation des conditions de l'éducation en France. Ils ne peuvent être exemptés de toute responsabilité.

Cette prise de conscience collective est la première étape de l'indispensable restauration de l'école. Malheureusement, nous n'en prenons pas le chemin puisque la plupart des élites politiques, de droite comme de gauche, persistent à désigner la faiblesse de la « mixité sociale » ou du niveau socio-économique comme cause des maux de l'immigration-intégration. De même, ils persistent à s'égarer, et à égarer la France, en entonnant en chœur le refrain de la déghettoïsation : « C'est d'ailleurs un ancien ministre social-démocrate, Henrik Sass Larsen, né dans l'un de ces quartiers, Høje-Taastrup, dans la banlieue de Copenhague, qui a posé avec force le diagnostic, l'absence de mixité sociale, et énoncé le remède en affirmant : "Soit nous parviendrons à mélanger la population, soit nous raserons[1] !" » Au mieux, un faux diagnostic joue le rôle de placebo. Au pire, il aggrave l'état du malade et c'est malheureusement ce qui est arrivé à la France et à tant d'autres pays d'accueil !

Les dirigeants politiques et la haute administration évoquent également la maîtrise de la langue française qui constituerait, selon eux, un remède aux maux qui hantent notre société et ce, alors même que l'immigration est en grande partie issue de l'ancien Empire colonial français, donc de la sphère de la francophonie, et que les descendants des immigrés qui naissent et grandissent sur le sol français y sont scolarisés jusqu'à l'âge de seize ans, et pratiquent donc la langue française ! Pourquoi se gêner puisque tant de citoyens semblent prêts à croire à toutes ces balivernes quotidiennement déversées sur eux ?

Est-il nécessaire de rappeler ici que la majeure partie des populations de l'immigration sont issues des

1. Cité par Patrick Stéfanini, *Immigration*, Robert Laffont, 2020.

classes défavorisées de pays où le niveau de vie moyen demeure très bas et que c'est leur arrivée en France, ou ailleurs en Occident, qui leur permet un bond socio-économique que la plupart n'auraient jamais pu atteindre en restant dans leur pays d'origine ?

Ni la maîtrise de la langue française ni le niveau social ne constituent la moindre solution politique pour empêcher qu'une part des jeunes issus de l'immigration ne placent les lois religieuses avant les lois de la République. Cela ne suffit pas non plus à lutter contre la radicalisation : « Le défi de l'intégration est d'ordre culturel et non économique. D'après les chiffres de l'Uclat (Unité de coordination de la lutte antiterroriste), 67 % des jeunes candidats au djihad sont issus des classes moyennes, 17 % sont même issus de catégories socioprofessionnelles supérieures. Comment continuer à penser que c'est une question de moyens et qu'il faut donner davantage ! Ce discours est un piège pour les enfants de l'immigration. Il nourrit leur ressentiment contre la société d'accueil[1]. »

1. Chevènement–Sorel : « Mener un combat résolu pour continuer la France », propos recueillis par Alexandre Devecchio, *Le Figaro*, 16 décembre 2016.

# VI.

# Fragilités françaises

« Je me suis converti un jour de Noël. Eh bien, je me suis retrouvé seul, aucun chrétien ne m'a invité chez lui ! En revanche, quand un chrétien embrasse la religion musulmane, c'est la fête dans sa nouvelle famille. Il y a des manifestations de joie, des applaudissements. C'est présenté comme une victoire pour les musulmans. » Ainsi s'exprime, en novembre 2020 dans *Le Point*, le pasteur évangélique Saïd Oujibou. Je ne puis que confirmer cette déchirante vérité et la profondeur de la désillusion qu'elle peine à masquer. Une telle situation d'absolue solitude, de surcroît dans un moment si fort, ne se serait jamais produite pour quiconque aurait rejoint la communauté des croyants musulmans. Jamais. Elle est là, la force du groupe. C'est dans cette cohésion que réside l'étendue de sa puissance.

Bien sûr, cette chaleur humaine, à nulle autre pareille, se paie au prix fort, celui de la privation de liberté individuelle. Les hommes ne naissent pas libres. Et selon le milieu ou la culture dans lesquels ils viennent au monde, ils démarrent dans la vie avec un nombre plus ou moins élevé de degrés de liberté. Un capital, ou un fardeau. Une nouvelle fois, il était donc prévisible que des flux migratoires ininterrompus conduiraient à la formation de diasporas, de cités dans la cité.

L'homme est un animal social. Il a besoin de s'attacher dans le bon sens du terme, et aussi de se sentir rattaché à une communauté de principes et de valeurs. Cet attachement se traduit par un engagement au service de cette communauté, engagement qui se décline au travers d'une myriade de gestes d'entraide quotidiens et spontanés envers ses semblables. Et c'est bien parce que les Occidentaux se sont crus libres comme l'air, libres de toute contrainte, libres de tout engagement envers la communauté qu'ils formaient, redevables de rien ou de pas grand-chose, qu'ils ont fini par connaître les affres de la solitude, lorsque la solidarité instinctive vient à faire cruellement défaut. Ils vivent isolés les uns des autres, côte à côte, mais pas ensemble.

L'une des caractéristiques des sociétés occidentales – et c'est une immense fragilité –, c'est que les gestes de solidarité désintéressés s'y font rares. Ce n'est pas le cas des sociétés musulmanes, où l'appartenance à une même communauté de valeurs et la pratique de ses principes priment tout le reste. Il suffit de faire acte d'allégeance pour se voir accueilli à bras ouverts et bénéficier de l'assurance de ne jamais se retrouver seul, de cette solitude qui tue l'Occident à petit feu, lentement mais sûrement, comme l'avait illustré bien tristement le drame de la canicule de 2003. Comme le rappelait le journal *Le Monde*[1], la France avec ses

1. « La canicule de l'été 2003 a fait plus de 70 000 morts en Europe, selon l'Inserm », *Le Monde*, 23 mars 2007.

19 490 morts recensés n'était pas un cas isolé. L'Italie comptait 20 089 décès et pour l'ensemble des seize pays européens étudiés, ce sont 70 000 décès supplémentaires qui s'étaient produits au cours de l'été 2003 en raison des fortes chaleurs.

Dans son *Candide en terre sainte*, Régis Debray décrit sa rencontre avec un vieux cadre de l'OLP (Organisation de libération de la Palestine), « un marxiste réputé en exil et devenu proche des islamistes ». L'ancien marxiste se confesse : « Je suis né chrétien. Je suis donc devenu communiste, c'est logique. Aujourd'hui, c'est vrai, j'ai évolué, je me sens plus d'affinités avec l'islam. Tu veux savoir pourquoi ? Nous avons besoin d'unité, et l'islam unifie mieux les peuples, plus profondément, plus largement que le communisme, qui était fait pour une élite. La société n'est pas une page blanche sur laquelle on peut écrire tout à trac un nouveau chapitre. On avait oublié l'histoire, les mentalités. » Régis Debray dit son étonnement. Il ne comprend pas. C'est d'ailleurs la raison pour laquelle il a souhaité rencontrer le vieux cadre de l'OLP. Pour qui connaît les modalités du vivre ensemble depuis l'intérieur, et non par simple ouï-dire ou par la seule lecture d'articles ou de livres, il n'y avait là guère matière à étonnement.

## « Ici, tout dépend de ta naissance, et moi je ne suis pas bien né »

Dans les sociétés occidentales d'aujourd'hui, les rapports sociaux ou relations interpersonnelles se bâtissent de plus en plus sur l'existence d'une potentielle réciprocité, ou d'un retour sur investissement. Ce dernier peut revêtir maintes formes, comme l'accès à un réseau relationnel, qu'il relève du privé ou du professionnel, de la jouissance de biens matériels, ou tout simplement de la fierté qu'on retire de ses relations, qui flattent ce narcissisme contemporain exacerbé.

Contre toute attente, plus on monte dans l'échelle sociale et plus cet investissement prend de l'ampleur. Plus on grimpe dans la hiérarchie, aussi bien du pouvoir que de la fortune, et plus les relations se révèlent intéressées. Toujours plus, jamais assez ! La société est devenue profondément utilitariste. On aurait pu s'attendre à l'inverse : que ceux qui ont réussi, possèdent beaucoup ou ont reçu une bonne dotation à la naissance – tous éléments qui procurent de la sécurité –, se mettent à cultiver l'altruisme plutôt que de s'adonner à une forme de boulimie. Il n'est somme toute pas surprenant que l'agrégation de tels comportements ait mené, comme c'était le cas sous l'Ancien Régime, à une concentration des richesses et des réseaux de pouvoir entre très peu de mains, celles des très privilégiés. Davet et Lhomme racontent que le Président François Hollande, lorsqu'il nomme son « ami Jean-Pierre Jouyet » secrétaire général de l'Élysée, se justifie de la façon suivante : « Tu comprends, il connaît tellement de monde, il a un réseau formidable… » Ce à quoi Nicolas Revel, secrétaire général adjoint et fils de Jean-François Revel, réplique : « À mon avis, Macron a un réseau tout aussi considérable[1] ! »

1. Gérard Davet et Fabrice Lhomme, *Le Traître et le Néant. Macron : l'enquête*, Fayard, 2021.

La persistance à travers le temps de l'expression être « bien né » ou être « d'une grande famille » est révélatrice de la manière dont les rapports sociaux s'établissent au sein de la société : l'attention ne se concentre pas simplement sur les qualités de l'individu mais s'élargit très vite à l'entourage privé ou professionnel, ce qu'on nomme « le réseau ». Les citoyens seraient étonnés de savoir à quel point ce séparatisme qui s'établit entre ceux qui sont bien nés et les autres finit par contraindre les possibilités d'ascension sociale de tous ceux qui ne sont pas « bien nés » ; comme l'exprime le proverbe, « on ne prête qu'aux riches ».

La cooptation de classe s'est elle aussi mondialisée. Elle se joue des frontières. L'appartenance à une même *upper class* transcende la hiérarchie d'ethnie, de race ou de genre, qui se trouve reléguée au second plan. Car ce qui prime, c'est la solidarité de classe, le fameux « renvoi d'ascenseur ». Ainsi, des personnes venues d'ailleurs, y compris lorsqu'elles sont musulmanes, dès lors qu'elles appartiennent à la classe des riches et des nantis de leur pays d'origine, peuvent très vite après leur arrivée se retrouver propulsées dans les hautes sphères politiques, médiatiques, économiques des pays occidentaux. Ici, tout est joué d'avance et l'on n'y peut rien changer. Tout dépend de ta naissance et moi je ne suis pas bien né…

## Les Occidentaux s'enivrent de soustractions quand d'autres s'enivrent d'additions

De très nombreux critères sont utilisés pour étiqueter l'autre : le poids ; la taille ; la distance avec les

« canons de beauté » ; la classe sociale détectée aussi bien à travers le vocabulaire que l'accent ou les intonations de la voix ; la gestuelle, la vêture, les chaussures, la marque de la voiture et bien sûr l'adresse du domicile, sans oublier la profession et le statut professionnel ; la profession des parents, les hobbies et activités sportives pratiquées ; les lieux et la fréquence des vacances… Et même le niveau de maîtrise de la langue anglaise. Tout, jusqu'au plus petit détail, peut être exploité dans le but de se distinguer de l'autre. Ceux qui ignorent les codes se retrouvent, tôt ou tard, confrontés à un plafond indépassable.

Dans un univers où la distinction entre le « noble » et le « vil » s'effectue sur une base matérialiste et utilitariste, au service de soi-même et de son propre réseau et non au service du bien commun, les distances interpersonnelles s'accroissent et une froideur dans les relations finit par s'enraciner. L'absence de solidarité spontanée mine chaque jour un peu plus la cohésion, car elle empêche la formation d'une communauté soudée. Et le plus sidérant est de constater que c'est cette même société qui s'est crue capable d'assimiler des millions de personnes venues de sociétés aux mœurs et usages fort lointains, de surcroît issues de classes défavorisées !

Si je devais résumer les comportements par l'arithmétique, je dirais que les sociétés occidentales s'enivrent de soustractions quand dans d'autres civilisations on s'enivre d'additions. Un accueil inconditionnel y est offert à ceux qui partagent les mêmes valeurs et principes, et s'engagent à les faire vivre au quotidien et à les transmettre.

Les prénoms aussi – par-delà ce que j'évoquais plus haut – constituent des marqueurs de l'origine sociale. Des prénoms intemporels de la bourgeoisie se retrouvent en proportions non négligeables à chaque génération : Louis, Victoire, Charles, Hortense, Jeanne, Augustin, Jacques, Diane, Constance, Alix, Édouard ou encore Astrid[1]. Pour Baptiste Coulmont, les prénoms reflètent une concurrence entre classes sociales : « Les classes supérieures adoptent un nouveau style, vécu comme signe d'appartenance à une élite, elles abandonnent ce style aussitôt qu'il est embrassé par les classes inférieures – qui l'avaient adopté avec l'espoir de s'approprier une partie du prestige des classes supérieures[2]. » Il ne s'agit donc pas seulement de s'élever dans l'échelle sociale, mais également de veiller à ce que les autres ne puissent s'y élever à leur tour et ainsi leur ressembler. Il importe que chacun demeure à sa place.

Tout au long de la vie, il est de bon ton de rappeler le niveau d'études ou les diplômes, et parfois même la fonction ou la position sociale des géniteurs. Ce qui a été réussi ou raté à l'âge boutonneux décide souvent de toute une vie. Les diplômes considérés comme prestigieux, tels ceux de Polytechnique (surtout les corpsards), de Normale Sup ou de l'ENA, font dérouler le tapis rouge. Les heureux élus deviennent pour la

1. Marie Cousin, « Hortense, Diane, Stanislas... Génération après génération, ces prénoms marqueurs de l'origine sociale », *Le Figaro*, 12 juillet 2021.

2. Baptiste Coulmont, *Sociologie des prénoms*, La Découverte, 2014.

plupart intouchables et travaillent toute leur vie avec un filet de sécurité, contrairement au reste de la population. Les allées du pouvoir en regorgent. Pourtant, et je me répète, qu'ont fait tous ces cerveaux privilégiés pour éviter à la France la situation qui est la sienne aujourd'hui ou, plutôt, qu'ont-ils fait pour l'y amener ?

Dans le monde de l'entreprise, les collaborateurs qui ont passé l'âge de 45 ans sont estampillés « seniors » quel que soit leur emploi, qu'il soit pénible ou pas. Dès l'âge de 50 ans, parfois même avant, il arrive que l'employeur, tous sens en éveil, se mette à guetter le moment opportun pour se débarrasser dudit salarié. Ces stratégies d'éviction doivent être placées en regard de l'espérance de vie à la naissance, qui en France atteint 79 ans pour les hommes et 85 ans pour les femmes, d'autant que l'on se maintient en bonne forme de plus en plus tard. Chez les cadres, le taux d'emploi des 55-64 ans n'est que de 44,5 % en moyenne contre 54 % dans les pays de l'OCDE, ce qui n'empêche nullement le monde politique et ses partenaires sociaux (syndicat et patronat) de s'adonner, dans le même temps, à la comédie du report de l'âge de la retraite à 63, 65, 67 ans !

Et c'est pourquoi, pour ce besoin frénétique d'identification, de classement d'autrui par « cases », l'on estampille « historien » toute personne ayant suivi une formation d'histoire, ou encore « philosophe » quiconque a suivi des études de philosophie. De l'autre côté de la Méditerranée, j'ai connu nombre d'hommes et de femmes analphabètes pétris de sagesse philosophique, bien davantage que des philosophes qui ont ici pignon sur rue…

Lorsqu'en avril 2021, Thomas Pesquet décolle de Floride pour rejoindre la Station spatiale internationale à bord du Crew Dragon de SpaceX, les médias ne manquent pas de préciser quasi systématiquement « l'astronaute aux yeux clairs », le ramenant ainsi à ses yeux. Comme en économie, la rareté fait la cherté. Dans la longue liste infernale des critères de différenciation, point de broutille ! On peut d'emblée ajouter la couleur des yeux, qui obsède les Occidentaux jusqu'à faire des yeux bleus un critère de discrimination positive. Il suffit d'être attentif aux jeunes recrues dans les médias télévisuels, présentateurs et présentatrices, y compris d'informations et de débats, pour réaliser à quel point la couleur des yeux a pu compter dans le processus de recrutement. Et qu'importe si certains ou certaines maîtrisent mal l'expression orale ! Il se trouve que les yeux clairs fascinent. Ils possèdent une grande force d'attraction. En un mot, ils captivent l'attention, tout ce qui est nécessaire pour qu'un programme soit regardé et que, par voie de conséquence, les recettes publicitaires s'envolent. Rien n'est désintéressé...

Sans ses grands yeux d'un bleu acier qui transperce et aimante, Emmanuel Macron aurait-il pu tant charmer ceux qui ont servi son parcours, aussi bien dans la commission Attali sur la croissance que dans le monde de la banque d'affaires (qu'il aurait un jour qualifié de « métier de pute[1] »), et ainsi préparer sa fulgurante ascension ? Sans « ses grands yeux bleus qui vous regardent », pour reprendre l'observation de Pierre Moscovici, Emmanuel Macron aurait-il pu réussir, tel

1. Gérard Davet et Fabrice Lhomme, *op. cit.*, p. 144.

un gourou, à envoûter les foules, pour finir élu Président des Français ?

Dans les sociétés occidentales, il est vivement recommandé de sourire pour paraître plaisant, quelles que soient les circonstances. La suavité bourgeoise a infusé dans toute la société. Tout doit glisser sur soi. Du moins, il faut montrer qu'il en est ainsi, ce qui ajoute considérablement au stress induit par les conventions sociales. Le sourire doit rester accroché au visage jusqu'à l'absurde, parfois même jusqu'à l'indécence. C'est pourquoi les photos de profils des réseaux sociaux d'hommes et de femmes politiques affichent, pour la plupart, de beaux sourires, même lorsqu'il s'agit de dire son effroi face à des attentats, face à l'insoutenable décapitation de l'enseignant Samuel Paty ! D'aucuns affirment que le sourire permanent fait partie de la politesse, et même de la civilisation. On pourrait dire aussi que les sourires, lorsqu'ils deviennent superficiels, relèvent d'une malsaine hypocrisie.

Mais les fausses amabilités qui témoignent d'une bienveillance factice renseignent aussi sur l'état d'une société dont une part substantielle a plongé dans une incapacité chronique à supporter puis à gérer le moindre conflit ou la moindre tension. Et cela, c'est une gigantesque faille ! Aussitôt qu'un sujet présente le moindre risque de provoquer des tensions ou conflits, les Occidentaux se retrouvent pétrifiés, pour reprendre le mot du philosophe Marcel Gauchet. Celui-ci souligne l'existence d'une « crise profonde de l'intelligence et de la volonté politique », et affirme : « Sur tout le continent, la classe politique est incapable de prendre en charge le phénomène de l'immigration, qui est une transformation énorme, un choc culturel particulièrement fort dans les pays qui n'ont aucune tradition en ce domaine. L'indignation morale n'est pas une réponse. Plus la distance culturelle est grande, plus le problème est ressenti[1]. »

Les mots magiques sont « optimisme » et « note d'espoir », et la pire des sentences, c'est d'être perçu comme « pessimiste ». La lucidité est soigneusement maintenue à distance. S'il apparaît que la réalité présente quelque aspérité, il convient alors de la taire ou de la maquiller. Pour ne pas s'aliéner la foule, il vaut bien mieux parler d'« archipélisation » de la société que de décomposition française ou de partition. Qui, en effet, n'a pas rêvé de partir découvrir tous ces archipels et les îles qui les composent ? Bora Bora, Marquises, Hawaï, Cyclades… Les noms font rêver, comme une promesse de paradis sur terre.

Une société dans laquelle la forme finit par l'emporter sur le fond se met d'elle-même en danger : « Les forces du Mal ont commencé leur offensive décisive. Vous sentez déjà la pression qu'elles exercent, et pourtant, vos écrans et vos écrits sont pleins de sourires sur commande et de verres levés », s'alertait Alexandre Soljenitsyne. Et de s'interroger : « Pourquoi toute cette joie ? Comment l'Ouest a-t-il pu décliner, de son pas triomphal à sa débilité présente[2] ? »

Le bonheur est devenu une injonction. Ne l'avoir pas

---

1. Marcel Gauchet, « Nos dirigeants sont pétrifiés », propos recueillis par Anne-Laure Barret, *Le Journal du Dimanche*, 1er janvier 2011.

2. Alexandre Soljenitsyne, *Le Déclin du courage*, conférence prononcée à Harvard en 1978, publiée chez Fayard, 2014.

trouvé, c'est avoir raté sa vie. Quelle source d'angoisse ! Nul hasard si les sociétés occidentales caracolent en tête des classements du mal-être et figurent parmi les plus fortes consommatrices d'antidépresseurs. C'est cette quête du bonheur personnel, devenue obsessionnelle, qui a creusé le tombeau du bonheur collectif, car le bonheur personnel exigeait de fermer les écoutilles pour se mettre à l'abri de toute information, analyse ou influence qui risquait de le compromettre.

L'hypocrisie polie empêche de dire la vérité. Pourtant, lorsque la vérité est dite au fil de l'eau, elle permet à l'autre de décrypter les situations et d'évoluer. Seul le langage de vérité permet en effet de traiter du réel tel qu'il est, et non tel qu'on aurait aimé qu'il fût. Mais malheureusement, ce qui paie par-dessus tout, c'est d'apparaître comme quelqu'un de sympa, et pour être sympa, il faut veiller à ne rien dire qui puisse créer le moindre déplaisir ni entamer la jouissance du moment présent. Que la fête continue !

## Gary, les belles âmes et le camp du bien

Dans l'ensemble des sociétés occidentales, le corps social se retrouve scindé entre « victimes » et « bourreaux ». Les victimes sont les migrants et leurs descendants, et les bourreaux sont les personnes d'origine occidentale. Avec cette scission, les Occidentaux dressent les uns contre les autres, tout en osant ensuite évoquer le « vivre ensemble » !

Aux États-Unis, du fait de l'esclavage, cette division s'est fondée sur la couleur de peau. D'un côté les

Blancs, de l'autre les Noirs. C'est sur cette base que l'*affirmative action* (discrimination positive), politique qui ambitionnait de réduire, voire de faire disparaître, les fractures sociales, avait été mise en œuvre. Des décennies plus tard, le jugement est sans appel : c'est un échec. En mars 2008, dans son discours prononcé à Philadelphie, c'est à cette politique d'action publique que Barack Obama avait imputé la responsabilité de la fracture raciale dont son pays demeure prisonnier. Le monde entier peut en effet constater la « qualité » du « vivre ensemble » entre Blancs et Noirs aux États-Unis. La discrimination positive ne s'attaque en rien aux sources des problèmes. Elle inscrit les fractures existantes dans le marbre et en crée de nouvelles, qu'Obama prend soin de mentionner. Les nombreuses familles blanches des classes moyennes qui basculent dans la pauvreté se retrouvent discriminées négativement du seul fait qu'elles ne sont pas de la « bonne » couleur ou origine, celles que privilégie l'*affirmative action.*

Nonobstant les nombreux effets pervers de ces mesures, dites de soutien aux « minorités » ou à la « diversité », les élites les ont imposées, y compris en France où on en retrouve la philosophie dans une multitude de secteurs tels que l'école (ZEP et autres préférences budgétaires pour les « quartiers »), l'enseignement supérieur (quotas de boursiers ou encore promotions ZEP de Richard Descoings, ou comment vider un océan de misère avec une petite cuillère en argent) et l'entreprise.

Un homme s'est trouvé aux premières loges pour observer, dès leurs prémices, les stratégies déployées vis-à-vis des « minorités », stratégies dont il s'est appliqué à décrypter les mécanismes. Il s'agit du double lauréat du prix Goncourt Romain Gary. Il était marié à l'actrice américaine Jean Seberg, figure de la scène culturelle américaine d'origine suédoise et militante très investie auprès des mouvements des Noirs, y compris celui des Black Panthers.

Romain Gary identifie les ressorts des motivations profondes qui poussent le monde intellectuel américain, l'industrie du spectacle et à leur suite des personnalités politiques à « aider » les Noirs aux États-Unis et même à les « pousser à l'extrémisme ». Gary est limpide, toutes ces « belles âmes » sont mues par des raisons intimes qui n'ont « rien à voir avec la tragédie raciale américaine ». Après avoir décrit de nombreux événements et situations auxquels il a lui-même assisté, il en tire la conviction que cette classe sociale a besoin d'agir de la sorte tout simplement pour appartenir au « camp du bien » : « Avoir "mauvaise conscience", c'est démontrer que l'on a une bonne conscience en parfait état de marche et, pour commencer, une conscience tout court. Il va sans dire que je ne parle pas ici de sincérité : je parle d'affectation. Se sentir personnellement coupable, c'est témoigner d'un haut standing moral et social, montrer patte blanche, prouver que l'on fait partie de l'élite. »

Ces raisons intimes procèdent de l'égocentrisme et d'un besoin de se sentir supérieur. Les élites qu'il fréquente et observe de près vont semer des graines, et ces graines lèveront quelques décennies plus tard pour donner naissance à ce qui se déploie désormais sous nos yeux : le wokisme et la *cancel culture.* Le récit de Gary est stupéfiant !

L'un des innombrables effets pervers de ces stratégies de repentance, qu'il décrit avec minutie, interpelle : « Il y a de petites organisations de Noirs dont le seul but est de soulager les Blancs, les soulager de leur argent, et soulager leur conscience. Ils mettent l'argent dans leurs poches et les Blancs se sentent mieux. Bientôt, chaque Blanc "coupable" qui est assez riche pour se le permettre aura sa propre organisation de Noirs chargée de l'aider à se sentir un type bien. Il n'y a pas plus de douze organisations noires vraiment valables dans ce pays… Le but des autres, ce n'est pas d'agir, d'aider le peuple, c'est d'exister elles-mêmes. Ça ne va pas plus loin[1]. » Appartenir au « camp du bien » n'a pas de prix et vaut bien le sacrifice de la paix civile. C'est cela qui s'est noué aux États-Unis, et c'est cette idéologie qui a ouvert la voie au wokisme d'aujourd'hui. Les États-Unis ou le modèle de société à ne surtout pas reproduire, et que les élites européennes se sont empressées de copier.

## Quand les pauvres et les luttes mémorielles se muent en ressources

Quelques décennies plus tard, le témoignage de Bob Woodson vient accréditer l'extrême justesse de l'analyse de Gary. Woodson est un vétéran du mouvement des droits civiques aux États-Unis. Il a été à la tête de

1. Romain Gary, *Chien blanc,* Gallimard, 1970.

nombreuses manifestations et a milité aux côtés de l'un des principaux conseillers de Martin Luther King. Il a fini par déchanter lorsqu'il s'est rendu compte que dans leur grande majorité les personnes qui souffrent le plus n'ont pas tiré profit de l'action des droits civiques. Et il pose la question qui dérange : « Comment se fait-il que les iniquités persistent dans des municipalités qui sont dirigées par des Noirs depuis cinquante ans, alors que les Noirs y ont partout remplacé les Blancs aux postes clés des administrations et à la tête des conseils d'école ? » Woodson évoque la somme astronomique de 22 000 milliards de dollars fédéraux injectés en cinquante ans dans les différents programmes censés venir en aide aux plus démunis, et dont 70 % ne sont pas allés à ces pauvres mais aux professionnels noirs censés s'en occuper. Observant depuis cinquante ans une scission au sein de la communauté noire, il déplore que les pauvres soient, dans les faits, devenus un moyen de se faire de l'argent et que ces professionnels « ne se posent pas la question de savoir quels sont les problèmes solubles, mais quels sont les problèmes finançables ». Voilà qui fait furieusement écho aux analyses de Gary.

Woodson enfonce le clou : « La complainte sur le racisme est là pour cacher la vraie question, qui est de savoir pourquoi les Noirs échouent dans des systèmes dirigés par des Noirs (…) Cette accusation de racisme systémique est aussi là pour empêcher de saisir les problèmes à bras-le-corps. Les mesures de discrimination positive, en réalité, n'aident que le gratin[1]. »

1. Bob Woodson, « L'Amérique divisée », Conversations Tocqueville, château de Tocqueville, 17 septembre 2021.

Dès 2007, j'avais moi-même tiré la sonnette d'alarme : « Nous tombons, en France, dans le piège inévitable des politiques de discrimination positive qui ne viennent en aide qu'à ceux qui avaient, de toute façon, vocation à réussir ; autrement dit, à ceux qui avaient le moins besoin d'aide[1]. » Ces politiques ajoutent de la division à la division sans jamais s'attaquer aux causes réelles des inégalités, et sans jamais s'atteler à lever les multiples obstacles qui se dressent au long du chemin des enfants des milieux défavorisés, qui ignorent tout des codes de la réussite sociale. Aujourd'hui, nous voyons le résultat de ces politiques d'aide aux minorités ou de diversité qu'on a importées en France. Les problèmes n'ont fait que croître, accompagnés de tensions de plus en plus fortes au sein de la société du fait d'un foisonnement de ressentiments de tous ordres.

Woodson a fini par fonder The Woodson Project. Depuis de longues années, il se bat en faveur de l'abandon du critère de la race aux États-Unis afin que les problèmes puissent enfin être traités sur le fond, et que tous les pauvres puissent être aidés pareillement sans distinction de race. Il mène également des actions de sensibilisation qui visent à déconstruire l'idéologie imputant les malheurs présents des Noirs à l'esclavage d'hier.

Car c'est une chose d'évoquer de manière factuelle des pages du passé ; c'en est une autre de nourrir un désir de vengeance et de justice punitive qui prend la forme d'une volonté d'amputer les Occidentaux

---

1. Malika Sorel, *Le Puzzle de l'intégration, les pièces qui vous manquent,* Mille et une nuits, 2007.

d'une part de leur culture, de leur histoire et de leur mémoire.

Toutes ces attaques se rejoignent et ne font qu'attiser le brasier des identités. Les conséquences pourraient se révéler hautement préjudiciables aux jeunes qui, peu à peu, au vu du portrait qui est dressé de leurs ancêtres et des querelles du présent, sont amenés à détester ce qu'ils incarnent comme l'image qu'ils renvoient malgré eux. Ce qui engendre des conséquences redoutables sur leur désir de perdurer en tant que peuple. D'autant qu'à leur malaise s'ajoute l'anxiété engendrée par un autre procès instruit contre les sociétés développées : le réchauffement climatique et son impact sur la biodiversité. Cet impact peut d'ores et déjà se mesurer : selon une étude publiée par la revue *The Lancet Planetary Health*, 39 % des jeunes de 16 à 25 ans déclarent hésiter à faire des enfants.

C'est une grossière erreur que de croire que des Noirs, parce qu'ils sont noirs, vont nécessairement venir en aide aux Noirs, ou que des femmes, parce qu'elles sont femmes, seront nécessairement alliées des autres femmes.

Partout en Occident, les migrants et leurs descendants se sont retrouvés enfermés dans la catégorie de « victimes » par les Occidentaux eux-mêmes, attentifs au sort des pauvres qu'ils importent en masse et en continu, leur venant en aide en priorité tout en détournant le regard de leurs propres pauvres, ceux que leurs sociétés fabriquent. Attentifs aux autres, aveugles aux leurs. En cela aussi, les sociétés occidentales diffèrent de manière substantielle des sociétés musulmanes, où la priorité est donnée aux siens.

Il saute aux yeux qu'à bien des égards les Occidentaux restent otages de leur propre culture qui demeure largement imprégnée de chrétienté. « Car j'ai eu faim et vous ne m'avez pas donné à manger ; j'avais soif et vous ne m'avez pas donné à boire ; j'étais étranger et vous ne m'avez pas accueilli[1]. » La préférence étrangère est consubstantielle au noyau identitaire des chrétiens. Voilà pourquoi partout en Occident, c'est cette doctrine philosophique et politique qui est à l'œuvre. Beaucoup d'Occidentaux sont demeurés captifs d'une terreur enfouie dans les replis de leur inconscient collectif, celle d'être maudits et d'« aller au feu éternel qui a été préparé pour le démon et pour ses anges ». C'est donc la quête d'une place au paradis dont il s'agit ici.

Dans ces conditions, il n'est pas surprenant que les mouvements et institutions proches de l'Église, jusqu'au pape lui-même, mais aussi tant de catholiques pratiquants se soient engagés avec ardeur dans l'accueil massif d'étrangers, et qu'ils se soient tant investis dans le développement de réseaux d'aide ou de lieux de scolarisation. Leurs propres pauvres ne leur suffisaient manifestement pas ou ne les intéressaient pas assez. Pourtant, il s'en trouve encore à vouloir convaincre l'opinion publique que le salut de l'Europe résiderait dans la reconnaissance de ses racines chrétiennes. Pourquoi l'inscription des racines philosophiques grecques n'a-t-elle jamais été suggérée ? Il ne faut pas se voiler la face : revendiquer les racines chrétiennes, tout comme l'approche ethno-

1. Évangile de Matthieu.

raciale, constituerait un moyen simple de mettre de côté tous ceux qui n'en sont pas.

Si les Français aiment leur propre personne, aiment-ils pour autant les autres Français ? De nombreux Français semblent otages de haines charriées par une histoire de France dont les plaies, longtemps après, n'ont toujours pas cicatrisé. L'aversion nourrie envers la République se lit au travers de la propension à la rendre responsable de tout malheur, alors même que c'est l'État qui a fauté, la République n'étant elle-même qu'une victime. Les haines héritées du passé ont participé à creuser le lit de la Bérézina des temps présents. Le sujet de l'immigration a servi aux uns et aux autres de remarquable occasion pour régler les comptes du passé. Ce n'est pas un hasard si la laïcité a été attaquée en tout premier lieu. Il y avait en effet une revanche à prendre sur l'histoire. Simplement, la laïcité constituait la digue, l'unique rempart. Si les Français avaient été unis, le destin de la France s'en serait trouvé changé.

Lorsqu'en mai 2018, le Président Macron, à propos de lui-même et de Jean-Louis Borloo, explique que « ça n'aurait pas de sens » que « deux mâles blancs » s'échangent un rapport sur les banlieues, il adopte l'approche racialiste, qui est celle des Américains, approche qui s'est pourtant révélée toxique et contre-productive. Nous disposons désormais d'un recul de plus de cinquante ans. Qu'attendons-nous donc pour prendre les problèmes d'inégalités à bras-le-corps et les traiter à la source pour y remédier durablement, plutôt que de nous égarer dans des chemins de traverse qui minent la cohésion de la nation ?

## « Un génocide fait-il une identité ? »

De nouvelles entités ne cessent d'émerger, qui revendiquent un droit à être reconnues comme victimes des Occidentaux de souche européenne. Les matérialistes de la mémoire ont fait des petits. Chaque groupe veut pouvoir récupérer des avantages matériels et autres privilèges. Et dans un esprit de revanche bien marqué, il leur faut parfois aussi obtenir que les autres en soient privés. Cette décomposition sans fin du corps social engendre une haine qui va croissant. Sans prise de conscience rapide, cette haine finira par emporter avec elle l'espérance d'un vivre ensemble apaisé. Pour bien le comprendre, il n'est qu'à transposer cette approche au sein d'une même famille : répéter sans cesse à l'un des membres qu'il est victime des autres et que son infortune leur est imputable, puis observer l'impact sur le climat familial et les séquelles sur les membres de la famille. Qui sème le vent récolte la tempête.

Un génocide fait-il une identité[1] ? C'est la question posée par Alain Finkielkraut dans son émission « Répliques ». Il y est question du génocide arménien ainsi que de la Shoah et de la manière dont les descendants s'approprient et utilisent cette mémoire. On y cite un livre de Tova Reich[2], fille de rabbin et ex-épouse du directeur du musée de l'Holocauste de Washington. C'est alors qu'une phrase prononcée à l'antenne par

1. « Répliques », France Culture, 20 juin 2015.

2. Tova Reich, *Mon Holocauste*, publié en anglais en 2007 et en français, au Cherche Midi, en 2014.

Nathalie Skowronek attire plus particulièrement mon attention : « Je me souviens d'une amie juive qui lisait le livre [de Tova Reich] et qui me disait : "Écoute, je rigole beaucoup parce que, vraiment, elle appuie là où ça fait mal. Mais j'espère que les non-juifs ne tomberont pas dessus." »

Bien sûr, je suis allée lire Tova Reich et ce que les non-juifs ne devaient pas découvrir. Je n'ai pas été déçue du voyage, car son livre questionne avec grande sagacité l'instrumentalisation de la mémoire de la Shoah à des fins mercantiles : « Vos descendants ont corrompu et souillé le sanctuaire (...). Ils se sont engraissés de cadeaux et d'offrandes, pillant le lieu sacré, dévorant les sacrifices, trompant et bafouant les fidèles pour le profit, le pouvoir et le plaisir, la gloire et la renommée. (...) Vous aussi vous vous êtes engraissés sur le dos des morts (...). Les écoles prophétiques ont été transmises à moi et aux miens, discrimination positive – arrachés au sein de notre mère, vendus pour une vie d'esclavage (...). »

Cela nous ramène à la stratégie des matérialistes de la mémoire d'aujourd'hui qui s'inscrivent, à y regarder de près, dans ce même sillon.

J'ai cherché d'autres auteurs, et ceux que j'ai trouvés étaient d'ascendance juive. Qui d'autre pourrait en effet se risquer à écrire sur un tel sujet, de surcroît pour émettre des propos aux antipodes du politiquement correct ? Le roman de Tova Reich a fait scandale aux États-Unis. D'autres auteurs avaient déjà abordé ce matérialisme de la mémoire, comme l'universitaire et politologue américain Norman Finkelstein, lui-même fils de déportés[1]. Ses deux parents étaient des survivants du ghetto de Varsovie et des camps de concentration nazis. Sa lecture fut un choc. Son livre ne peut se résumer. Il faut le lire. Il y parle d'instrumentalisation à visées politiques et mercantiles, de « capitalisation de l'Holocauste », et affirme que « l'industrie de l'Holocauste, c'est évident, a perdu la tête ». Norman Finkelstein expose les raisons de sa vive inquiétude dans *Courrier international* : « Avec son implacable exploitation du martyre juif, l'industrie de l'Holocauste favorise aujourd'hui l'antisémitisme et apporte de l'eau au moulin des négationnistes[2]. » Norman Finkelstein a été mis à l'écart, contraint de démissionner de l'université où il enseignait...

L'ombre de la Seconde Guerre mondiale continue de planer sur la cité. Depuis lors, et en raison de l'horreur de la Shoah, l'Europe baisse la tête et met genou à terre. L'Occident est enchaîné au banc des accusés. C'est de là qu'est née la culpabilisation-repentance qui l'a rendu si vulnérable et incapable de relever les défis des temps présents. Et cette incapacité ne cesse d'enfanter de nouveaux malheurs. Il est plus que temps de redresser la tête, de se lever et de se tenir debout, car nul ne sortira gagnant de cette contrition perpétuelle à laquelle il convient de mettre un terme. Les Occidentaux devraient méditer ce puissant proverbe arabe : « Ne dis pas tes peines à autrui ; l'épervier et le vautour s'abattent sur le blessé qui gémit. »

1. Norman Finkelstein, *L'Industrie de l'Holocauste. Réflexions sur l'exploitation de la souffrance des Juifs*, La Fabrique, 2001.

2. Norman Finkelstein, « Réquisitoire contre le "Shoah Business" », *Courrier international*, 16 décembre 2010.

## Donner, recevoir, et enfin rendre. Redécouvrir Marcel Mauss

La Table ronde a permis la fluidité. Nul ne s'est plus senti exclu et « le haut placé s'est trouvé sur le même pied que le bas placé car il n'y eut plus de "haut bout" et partant, plus de querelles ». Si chacun peut tourner autour de la table, alors tout devient possible pour tous. Ainsi, la Table ronde a mis fin à « des échauffourées stupides, des duels et des meurtres qui ensanglantaient les plus beaux festins ».

Dans ses conclusions de sociologie générale et de morale, Marcel Mauss, fondateur de l'anthropologie en France, ne manque pas de tirer les enseignements des *Chroniques d'Arthur* et *La Légende des Chevaliers de la Table ronde*, cette table dont la finalité est en réalité que nul au sein de la communauté ne puisse se sentir exclu et, par extension, que chacun participe aux échanges et perçoive ainsi sa propre utilité. En un mot, qu'il se sente exister car reconnu, et cela passe par la mise en relation avec les autres grâce à l'échange. Tout homme a besoin de se sentir intégré dans le flux des échanges et des relations.

En bon anthropologue, Marcel Mauss a procédé à l'étude comparative du fonctionnement de diverses sociétés pour tenter d'identifier les formes du contrat social qui lie les individus entre eux et leur permet de fonctionner ensemble de manière harmonieuse. Il en a tiré une myriade d'enseignements plus riches les uns que les autres. Il a décelé, analysé et compris le rôle déterminant joué par le don, dans la qualité des relations au sein du groupe. Il ne s'agit pas ici du don au sens de l'aumône qui instaure une hiérarchie entre les êtres et installe de ce fait des rapports asymétriques, mais du don qui respecte l'autre en prenant en considération le besoin de reconnaissance et le respect de la dignité. Mauss a démontré que cela passe nécessairement par la participation active de chacun à la chaîne des échanges de biens. Intégrer l'autre implique en effet que chacun, au sein de la communauté, puisse participer aux modalités du don et à sa fluidité. Au sein de toute communauté organisée d'êtres humains, l'échange est à la base des activités sociales et, pour Mauss, le don et le contre-don fondent, assoient le contrat social.

Pour que la chaîne fonctionne, l'obligation de donner doit s'accompagner de l'obligation de recevoir et, enfin, de rendre. Celui qui reçoit le don doit l'accepter, et celui qui a donné et a de ce fait initié la chaîne doit à son tour accepter le contre-don. Bien sûr, cette relation qui s'instaure et s'illustre en un « donner-recevoir-rendre » est libre. Il ne s'agit pas de rendre à l'identique ce qui nous a été donné, ce qui serait le plus souvent impossible, mais de rendre à proportion de ses propres facultés. Car ce qui importe, c'est que chacun devienne acteur de ce processus dynamique et foisonnant qui vise à instaurer des relations fluides, tout en empêchant l'établissement de relations et interactions sociales déséquilibrées qui sont le terreau propice à un fonctionnement de dominant à dominé.

Pour éviter que de telles relations inégalitaires s'installent au sein de la société au détriment de relations d'interdépendance fluides et harmonieuses où chaque être se sent utile, Mauss, qui s'est engagé sur le plan politique aux côtés de socialistes tels que Jean Jaurès ou Léon Blum, affirme qu'« il faut que l'individu travaille. Il faut qu'il soit forcé de compter sur soi plutôt que sur les autres. D'un autre côté, il faut qu'il défende ses intérêts, personnellement et en groupe. L'excès de générosité et le communisme lui seraient aussi nuisibles et seraient aussi nuisibles à la société que l'égoïsme de nos contemporains et l'individualisme de nos lois ».

Avec le projet émancipateur de Marcel Mauss, nous sommes à mille lieues des fausses bonnes idées de « revenu universel » ou encore de « contrat d'engagement » envers les jeunes, autant de trappes à pauvreté qui enfermeront irrémédiablement les classes défavorisées dans leur misère, les maintenant ainsi au bas de l'échelle sociale. En effet, seules les familles pauvres vont, peu à peu, considérer qu'une telle aumône est une aubaine, qu'elle leur permet de vivre, et qu'elle se suffit à elle-même. Un tel contrat d'engagement conduira sans l'ombre d'un doute au désengagement d'une partie des jeunes ; la perception d'un revenu qui paraîtra confortable aux yeux de bien des pauvres finira par entamer de manière irréversible l'énergie extraordinaire que tout pauvre doit forcément déployer pour s'arracher à la misère et enclencher son ascension sociale. Aucun enfant de riche ne pourrait, lui, s'y laisser piéger ; le référentiel pécuniaire n'est pas le même et encore moins les ambitions ! Les politiques qui, pour la plupart, vivent de manière aisée et confortable se révèlent incapables de penser les problèmes dans leur entièreté et de comprendre la réalité d'une vie sous le signe de la pauvreté ainsi que les mécanismes que cela met en branle.

Enchaîner les pauvres, figer un peu plus les classes sociales et perpétuer la domination des uns sur les autres, voilà à quoi mèneront ces politiques qui partent pourtant d'un bon sentiment. L'enfer est pavé de bonnes intentions.

Placer l'autre dans une incapacité de rendre a aussi pour effet de le maintenir dans une position d'infériorité. Cette impossibilité de restituer tout ou partie d'un don devient à la longue une humiliation qui nourrit une formidable frustration, laquelle peut conduire à l'expression de violences au sein de la société ; une façon de se venger. La violence qui se déploie, désormais, en terres occidentales contre les Occidentaux perçus comme des privilégiés, doit aussi être analysée sous cet angle.

Aux enfants de l'immigration extra-occidentale, en particulier musulmane, qui sont pour la plupart issus de milieux désargentés, il n'est guère laissé d'autre choix que d'endosser le costume de « diversité » qui les maintient bien à l'écart de la communauté nationale et les situe d'office en position d'inférieurs, dignes de l'aumône ou d'une œuvre de charité. Les enfants d'immigrés sont ainsi placés dans une situation inextricable : refuser ce « tatouage », c'est prendre le risque de se trouver relégué, puisqu'un pauvre qui refuse l'aumône ne présente plus d'intérêt pour le riche qui en a besoin pour maintenir sa position supérieure ; l'accepter, c'est faire apparaître la matérialité de la mise à distance et de l'exclusion. À de nombreuses reprises, j'ai pu en faire le constat. Pour un enfant de l'immigration, faire pitié constitue en effet le meilleur des passeports : c'est le profil idéal.

La mise en relation entre le don et ses conséquences sur l'être humain pris dans sa singularité, puis sur la communauté dans laquelle il évolue, est extrêmement féconde. Je tiens pour ma part que bien des malheurs qui frappent aujourd'hui les sociétés occidentales se trouvent dans le non-respect de l'obligation d'instaurer cette relation de don/contre-don entre les êtres, puis entre les êtres et la communauté qu'ils forment ou sont appelés à former.

Dans les sociétés qu'il a observées et qui pratiquent le don suivant les modalités du « donner-recevoir-rendre », Marcel Mauss note que les gens y sont « moins tristes, moins sérieux, moins avares et moins personnels que nous ne sommes ; extérieurement tout au moins, ils étaient ou sont plus généreux, plus donnants que nous ».

Marcel Mauss aurait pu tout aussi bien observer le fonctionnement de sociétés musulmanes, dans lesquelles sa thèse trouve sa pleine traduction. L'hospitalité orientale n'est pas un mythe. Le cœur se pose spontanément sur la main, y compris chez les démunis eux-mêmes. Le besoin de donner et les gestes de solidarité y foisonnent. Je peux en témoigner pour les avoir vus se déployer durant de longues années. Chacun fait des présents à l'autre sans nécessairement en escompter de retour, car la chaîne du don/contre-don étant établie, le retour viendra de toute façon d'un membre de cette chaîne aux innombrables ramifications. J'avais observé qu'il n'était point besoin de calendrier pour dicter le tempo, même si la fin du mois de ramadan amplifiait la circulation des dons, qui prenaient alors la forme d'assiettes garnies de nourriture, dont les fameuses pâtisseries orientales que chaque foyer s'applique à préparer avec application et sérieux. Et ce qui est extrêmement intéressant et que j'ai bien retenu, c'est que les dons transcendent les classes sociales. Le nanti accepte de recevoir un don de la part du démuni, ne serait-ce que quelques bouchées de gâteau. La différence de classe sociale ne constitue ni un obstacle infranchissable ni une frontière…

L'absence de fluidité dans le don/contre-don « libre et gratuit », selon l'expression de Mauss, est le terreau sur lequel la solitude se répand en Occident, entamant de manière profonde sa cohésion sociale et, par ricochet, sa cohésion nationale.

C'est la théorie du don/contre-don ou du « donner-recevoir-rendre » de Mauss que Pierre Rosanvallon mobilise, sans explicitement la nommer, lorsqu'il traite des termes du contrat implicite qui lie les citoyens à la nation. Pour lui, le lien social et le lien civique se confondent, car « en son essence, l'appartenance à la cité est indissociable d'un pacte moral. La vie commune repose sur l'adoption d'une arithmétique simple : les obligations de la collectivité envers chacun de ses membres sont la contrepartie de ceux-ci. C'est parce que les citoyens sont prêts à mourir pour la patrie que celle-ci a une dette à leur égard[1] ».

Pour le plus grand nombre, Marcel Mauss demeure pourtant un illustre inconnu. Il serait, à bien des

1. Pierre Rosanvallon, *La Nouvelle Question sociale. Repenser l'État-providence*, Le Seuil, 1995.

égards, profitable pour les temps présents de redécouvrir la puissance de sa pensée sur le don/contre-don dont l'objectif est d'atteindre puis de maintenir la cohésion sociale et nationale. L'urgence est là : il faut œuvrer à retisser du lien entre les citoyens !

Cette ambition se lit au travers de l'une des plus belles illustrations qu'il cite à l'appui de sa démonstration. Il la puise dans les *Chroniques d'Arthur* du poète anglais Layamon : « Partout où le roi Arthur transporta sa Table, joyeuse et invincible resta sa noble compagnie. C'est ainsi qu'aujourd'hui encore se font les nations, fortes et riches, heureuses et bonnes (...). Il est inutile d'aller chercher bien loin quel est le bien et le bonheur. Il est là, dans la paix imposée, dans le travail bien rythmé, en commun et solitaire alternativement, dans la richesse amassée puis redistribuée dans le respect mutuel et la générosité réciproque que l'éducation enseigne[1]. »

Si cette réflexion profonde sur le don et la nécessité du contre-don avait guidé les élites occidentales de commandement, nous n'en serions pas là.

Donner-recevoir et, enfin, rendre. Faire que le souci du pauvre ou du nécessiteux soit sincère.

Donner-recevoir et, enfin, rendre. Pour que chacun se sente utile à la communauté et trouve ainsi un sens à sa vie.

Donner-recevoir et, enfin, rendre pour que demain nous puissions de nouveau faire nation commune.

---

1. Marcel Mauss, *Essai sur le don. Forme et raison de l'échange dans les sociétés primitives*, publié dans *L'Année sociologique*, seconde série, 1923-1924.

# Conclusion

> « La France, la patrie dont je ne saurais déraciner mon cœur. J'y suis né, j'ai bu aux sources de sa culture. J'ai fait mien son passé, je ne respire bien que sous son ciel, et je me suis efforcé, à mon tour, de la défendre de mon mieux. »
>
> Marc Bloch, *L'Étrange Défaite*, septembre 1940

> Nous entrerons dans la carrière
> Quand nos aînés n'y seront plus,
> Nous y trouverons leur poussière,
> Et la trace de leurs vertus…

Quel regard les générations futures poseront-elles sur la page d'histoire qui s'écrit sous nos yeux – celle que nous écrivons ? De quelles vertus ces générations à venir créditeront-elles leurs aînés, c'est-à-dire nous ? Lorsque Ernest Renan affirme avec force, dans son discours sur la nation, que « le culte des ancêtres est de tous le plus légitime », il oublie, de toute évidence, un élément de taille. En effet, pour que le culte des ancêtres soit « de tous le plus légitime », il y faut des conditions : quel « passé héroïque », et quelle « gloire » ? Je n'en vois guère pour notre époque.

En s'amputant de sa capacité à agir dans le respect du seul intérêt général, qui plus est lorsqu'il s'agit de cohésion nationale, les élites occidentales se sont dépossédées de l'indispensable légitimité sans laquelle gouverner en démocratie devient impossible. Elles ont manqué à leur devoir de veiller sans relâche à s'inscrire dans une vision long terme et ont, tout au contraire, semé les graines de la discorde et affaibli la cohésion nationale.

En France, ce n'est pas la République qui a échoué, mais l'État. Ce n'est donc pas à la République de cesser de reculer, mais à l'État, garant de l'unité nationale, de cesser de faire reculer la République.

Aucune solution simple n'existe désormais car bien trop d'erreurs politiques monumentales ont été commises. Mais dire que plus rien n'est possible serait faire preuve de lâcheté.

L'assimilation est complexe, mais elle demeure la condition nécessaire pour former un même peuple. Il faut faire de nouveau coïncider citoyenneté et identité, car les peuples ne divorcent pas si aisément de leur passé. Partout à travers le monde, les citoyens refusent d'accepter ce qu'ils perçoivent comme inconcevable dans leurs normes communes. L'assimilation ne commande pas de devenir amnésique de son passé ni de ses origines, mais pose comme condition indépassable que l'on ne peut être reconnu par un peuple puis adopté en son sein si l'on conserve de son passé des principes ou des valeurs que ce même peuple juge incompatibles avec sa propre identité profonde.

Pour faire communauté à nouveau, il faut commencer par rompre les chaînes de la culpabilité. Nul ne peut être tenu comptable de ce qui l'a précédé. La contrition perpétuelle n'est pas une solution honorable mais tout au contraire un poison qui détruit lentement mais sûrement toute possibilité de vie commune.

Les données ne manquent pas pour recenser les extraordinaires investissements consentis par l'État depuis maintenant quarante ans. Pourtant, des centaines d'ouvrages et des milliers d'articles ont été publiés pour dire aux migrants et à leurs descendants qu'ils avaient toutes les raisons de haïr la terre d'accueil, cette terre qui, pourtant, leur a permis de tourner la page de la misère et parfois même du désespoir, et la meilleure preuve en est qu'une proportion stupéfiante d'Africains et de Maghrébins rêvent de s'installer en Occident, comme l'illustrent maintes études et enquêtes.

Selon la BBC qui commente les résultats de données d'Afrobaromètre : « Malgré une croissance économique importante dans de nombreux pays africains au cours des deux dernières décennies, beaucoup d'Africains considèrent encore le départ de leur pays comme la meilleure option pour un avenir meilleur. » En effet, pas moins d'« un Africain sur trois envisage d'émigrer ». Ces résultats éclairent d'une lumière crue la vacuité des élites occidentales qui assènent à leur opinion publique qu'il suffirait de se focaliser sur l'aide au développement pour enrayer le phénomène migratoire.

À la question « Si vous en avez l'opportunité, iriez-vous travailler à l'étranger ? » posée par le cabinet Rekrute.com, 91 % des personnes marocaines interrogées ont répondu « oui ». Selon une étude réalisée en

2008 par le Boston Consulting Group sur l'Algérie, 84 % des Algériens interrogés se disaient prêts à s'expatrier. Et selon l'étude commanditée par la Commission européenne en 2017, 52,8 % des jeunes Tunisiens interrogés avaient l'intention d'émigrer. Les chiffres sont vertigineux, et le simple bon sens exige de poser le principe d'un moratoire.

Les dossiers de demandes d'installation se devraient d'être analysés, un par un, et il est manifeste que le regroupement familial doit cesser d'être un dû. En effet, aucun traité international n'impose que le « droit à une vie familiale normale » aboutisse à ce que cette vie familiale se déroule nécessairement en Occident.

Quant à ceux qui rendent l'Union européenne responsable et coupable de la situation présente pour en exonérer les élites nationales, ils omettent soigneusement de rappeler l'existence de l'extraordinaire « principe de subsidiarité » qui aurait pu permettre aux gouvernants de chaque pays de prendre des décisions sages visant au maintien de leur cohésion nationale.

L'amour ne se met pas en équation. Ce qui importe n'est pas que la terre d'accueil – ici la France – soit aimée mais d'imposer qu'elle soit respectée de tous, ce qui exige le respect de ses normes sociales, celles de son peuple.

Il faut renouer avec le bon sens et sortir de la schizophrénie. On ne peut cultiver les différences à l'infini, se focaliser sur les identités particulières et, dans le même temps, espérer former une communauté qui puisse vivre dans l'harmonie. Réinjecter de la cohérence à tous les étages de la vie publique ainsi que dans la société elle-même fera le plus grand bien à la France et à l'Europe.

Pour tisser les liens d'une fraternité qui reste à

construire, il n'y a d'autre voie que de restaurer la méritocratie et d'abolir les privilèges indus. Il faut que les hommes et les femmes puissent être à nouveau jugés sur ce qu'ils font et apportent à la communauté nationale et au bien commun, et non sur ce qu'ils sont ethniquement, racialement ou socialement.

Il faut mettre un coup d'arrêt aux accommodements déraisonnables et au différentialisme qui ont infusé dans la société et qui ont, de ce fait, rendu inutiles l'insertion et l'intégration culturelle. La laïcité, digue de la société, doit être restaurée, rétablie, remise en vigueur. De même en est-il pour la liberté de pensée et de jugement pour reprendre l'expression chère au résistant Marc Bloch.

Il faut tourner le dos aux politiques de discrimination positive et de diversité qui ont été introduites aussi bien par la droite que par la gauche, et qui sont à l'œuvre dans toutes les sphères de la vie : système éducatif et enseignement supérieur, entreprises, médias, publicité… En effet, toute politique qui a pour fondement la culpabilisation et la repentance concourt à diviser les hommes tout en injectant chaque jour davantage le poison de la haine dans leurs cœurs.

Pour espérer tracer une nouvelle voie, il faut tourner le dos à l'approche partisane. En effet, les citoyens qui nourrissent l'espérance d'une continuité historique pour la France se répartissent sur l'ensemble de l'échiquier politique. J'y inclus la forte proportion des abstentionnistes qui sont orphelins d'une offre politique qui leur convienne.

Ces sujets, parce qu'ils concernent le devenir de la nation en tant qu'entité culturelle et civilisationnelle doivent être placés au-dessus des clivages partisans. Que l'oligarchie se batte pour conserver ou récupérer des privilèges est compréhensible. Mais ce qui est incompréhensible, c'est que des citoyens, alors même qu'ils sont issus de pays où le niveau d'instruction scolaire permet la réflexion par soi-même, en soient venus à s'enfermer dans un comportement moutonnier.

Pour se donner les moyens de renouer avec un vrai et puissant optimisme et renouer avec leur souveraineté perdue, les citoyens des démocraties n'ont plus d'autre choix que celui de sortir de leur zone de confort et de l'indifférence qu'ils témoignent envers le destin de leur pays, car « l'optimisme va bien à qui en a les moyens[1] ». Aussi leur appartient-il de s'en donner les moyens. Les cartes sont entre leurs mains.

Les sociétés occidentales se retrouvent piégées. Il n'y a pas d'échappatoire possible. Pèse à présent sur elles l'obligation morale de regarder la vérité en face.

1. Charles de Gaulle, *Mémoires de guerre. L'Unité : 1942-1944*, Plon, 1956.

# ANNEXE

## Mon audition à l'Assemblée nationale

Le texte qui suit est le contenu de mon audition par la mission parlementaire d'information sur le droit de la nationalité, qui s'est tenue à l'Assemblée nationale en février 2011. Le texte comprend deux parties : la première correspond à mon exposé, et la seconde à un échange avec les députés sous forme de questions-réponses.

Manuel Valls présidait la commission, et Claude Goasguen en était le rapporteur.

L'intérêt de ce texte est de faire la preuve que, dès l'époque, le gouvernement et la représentation nationale auraient pu, s'ils l'avaient voulu, engager notre société sur la bonne trajectoire et éviter à la France bien des vicissitudes et crispations des temps présents, dont l'atomisation du corps électoral n'est qu'un des symptômes.

La pensée qui m'avait guidée et qui doit, j'en suis convaincue, guider chaque citoyen est celle de Jean-Jacques Rousseau lorsqu'il nous prend à témoin : « Voulons-nous que les peuples soient vertueux ? Commençons donc par leur faire aimer la patrie : mais comment l'aimeront-ils, si la patrie n'est rien de plus pour eux que pour des étrangers, et qu'elle ne leur accorde que ce qu'elle ne peut refuser à personne ? Ce serait bien pis s'ils n'y jouissaient pas même de la sûreté civile, et que leurs biens, leur vie ou leur liberté, fussent à la discrétion des hommes puissants, sans qu'il leur fût possible ou permis d'oser réclamer les lois[1]. »

## Assemblée nationale, Paris, le 9 février 2011

Manuel Valls : Nous avons aujourd'hui deux auditions : celle de Madame Catherine Wihtol de Wenden, et d'abord celle de Madame Malika Sorel.

Nous sommes très heureux de vous accueillir. Vous êtes toujours membre du Haut Conseil à l'intégration qui réfléchit d'ailleurs sur d'autres sujets, notamment sur la laïcité. Vous êtes ingénieur de l'École polytechnique d'Alger, essayiste, et donc membre de ce Haut Conseil à l'intégration.

Née en France de parents algériens, Madame, vous vous consacrez depuis longtemps à des travaux de réflexion sur la problématique très large et passionnante de l'intégration.

Vous avez publié en 2007 un ouvrage : *Le Puzzle de l'intégration,* dans lequel vous dénonciez, entre autres, parce que je ne voudrais pas résumer vos réflexions à cela, l'idéologie de la victimisation qui selon vous déresponsabilise les immigrés, leurs enfants, leurs descendants. Et selon vous, les migrants – en particulier évidemment ceux provenant de pays colonisés par notre pays – seraient victimes, d'une part, des difficultés liées aux antagonismes, aux contradictions entre leurs codes familiaux, leurs codes culturels et ceux du pays d'accueil et, d'autre part, de ce sentiment

1. Jean-Jacques Rousseau, *Discours sur l'économie politique,* publié dans l'*Encyclopédie* de Diderot et d'Alembert, 1755.

présent dans nos débats avec évidemment des aspects positifs mais aussi négatifs, c'est-à-dire des regards portés sur le passé, sur l'histoire. On pourrait parler, pour certains, de la repentance de la société française qui n'aurait, du coup, pas été assez exigeante à leur égard quant au respect des règles et des valeurs.

Avoir occulté aux migrants et à leurs descendants – parfois ça renvoie au rôle de l'école – la réalité du contrat social et moral qui lie l'ensemble des membres de la société française aurait ainsi, d'une certaine manière, participé à leur exclusion, en tout cas à leur difficulté à s'intégrer. Et cette manière de voir les choses, peut-être même ce laxisme, si on vous suit, aurait entretenu chez eux le sentiment qu'ils étaient victimes de la société française, confortant ainsi le ressentiment à l'égard de leur pays d'accueil, évidemment avec des problèmes aussi économiques : le chômage que les parents ont pu connaître, et donc l'attachement à leur pays d'origine.

Ce point de vue nous intéresse dans notre réflexion, réflexion de notre mission qui s'interroge évidemment sur la façon de faire émerger chez les Français d'origine immigrée ce sentiment d'appartenance nationale. C'est pourquoi nous souhaitions entendre votre analyse. Vous le savez, on vous a demandé d'exposer vos idées à partir de ce livre, mais en le réactualisant. Comme ça, nous aurons un premier aperçu de vos positions sur cette problématique.

Je vous rappelle que nos auditions sont ouvertes à la presse, qu'elles sont filmées et qu'elles peuvent être donc déformées. Nous sommes victimes, notamment, suite à l'audition de Madame Tribalat, d'un buzz sur un site d'extrême droite. Donc je voulais uniquement vous rappeler cela. Non pas pour vous inciter à la censure ni à la prudence, je ne l'ai pas été il y a un instant, mais uniquement pour que vous le sachiez. Chère Madame, je vous laisse la parole après ce propos liminaire.

## Audition de Malika Sorel-Sutter, membre du Haut Conseil à l'intégration

Bonjour, je vous remercie tout d'abord de m'accueillir à l'Assemblée nationale. Avant de commencer mon exposé, simplement une petite précision. Je suis un ardent défenseur de notre système éducatif, de nos enseignants en particulier, et je défends le fait que l'échec de l'insertion et de l'intégration est imputable à des raisons exogènes à l'école. Et c'est justement parce que nous n'avons pas perçu ça que nous sommes dans certaines difficultés.

J'ai beaucoup à vous dire. Parfois, je développerai et parfois pas, et ce sont vos questions qui m'amèneront probablement à développer.

Mon exposé, pour plus de clarté, sera architecturé comme suit. Je souhaite en tout premier lieu définir ce que l'intégration signifie. Je mettrai ensuite en lumière tout ce qui a changé avec les dernières vagues d'immigration et qui rend le code de la nationalité française désormais inadapté. Je terminerai avec des recommandations et avec mon sentiment sur le sujet.

Nous parlons d'intégration dans la communauté nationale française, mais que mettons-nous, en réalité, dans ce concept ? Je reprendrai à mon compte ce que disait Albert Camus : « Mal nommer les choses, c'est ajouter au malheur du monde. »

Lorsque nous parlons d'intégration, nous confondons le plus souvent cette intégration avec la simple insertion au sein d'une société, et l'insertion consiste à respecter les règles du bien vivre ensemble, les normes collectives, même si nous ne les partageons pas. C'est ce que font les Français de souche européenne lorsqu'ils sont eux-mêmes expatriés. Ces règles et ces normes, je souhaite le rappeler, sont toujours le résultat d'un processus historique et culturel.

L'intégration à une communauté nationale, c'est tout autre chose. Cela se joue entièrement sur le registre affectif et moral. C'est un choix purement personnel, chacun à son heure. L'intégration correspond au sentiment d'appartenance à la Communauté française – en ce qui nous concerne, au fait de se sentir concerné par le partage d'une communauté de destin avec les Français. Cela se traduit de manière concrète par la transmission à ses propres descendants des fondamentaux qui composent le noyau identitaire des Français, ce que l'on nomme le legs ancestral.

L'intégration se produit lorsque le migrant ou son descendant perçoit que sa propre identité se rapproche davantage de l'identité du peuple d'accueil que de celle de son peuple d'origine. Et le processus d'intégration – parce qu'il y a processus –, lorsqu'il réussit, aboutit dans les faits à posséder la mentalité française qui est intimement corrélée à l'identité française.

Je vais vous donner la définition de la mentalité, celle du sociologue Alex Mucchielli. Je vous donnerai l'ensemble de mon intervention avec les références bibliographiques et également les rapports que je vais citer.

Alex Mucchielli : « Une mentalité, c'est un ensemble d'acquis communs aux membres du groupe. Ces acquis, comme dans le cas de la culture intériorisée, servent de références permanentes et inconscientes pour la perception des choses, pour les évaluations faites et interviennent dans l'orientation des conduites. Une mentalité porte en elle une vision du monde et génère des attitudes (c'est-à-dire des manières d'être envers les choses) concernant les éléments de l'environnement. Ces éléments de l'environnement ne sont pas n'importe lesquels. Ce sont les éléments clés de la vision du monde : les référents essentiels de l'identité. Ces éléments importants par rapport auxquels le groupe a pris position sont les points d'ancrage de son identité[1]. » Le mot « intériorisé » est très important. Je souhaite pour ma part vous éclairer en vous donnant un point qui est extrêmement important et qui permet également de jauger de l'intégration.

Aucun autre sujet que celui de la femme, du regard que l'on porte sur elle, du degré de liberté qu'on lui consent, de la place qu'on lui octroie au sein d'une communauté ne peut mieux mettre en lumière le ressort de l'identité d'un groupe. Aucun autre sujet ne peut mieux illustrer la ligne de fracture identitaire et la difficulté du processus d'intégration qui doit conduire un non-Européen à s'intégrer à un peuple de culture européenne.

Selon l'anthropologue Emmanuel Todd, « le statut de la femme définit en lui-même un aspect de l'existence sur lequel les peuples ne sont pas prêts à transiger[2] ».

Le général de Gaulle, qui est une de mes figures de référence, disait : « Il n'y a pas de politique qui vaille en dehors des réalités. » Alors cette réalité, quelle est-elle ? Qu'est-ce qui a changé entre les différentes vagues d'immigration ?

---

1. Alex Mucchielli, *L'Identité*, PUF, coll. « Que sais-je? », 1999.
2. Emmanuel Todd, *Le Destin des immigrés*, Le Seuil, 1994.

**A. Qu'est-ce qui a changé entre les différentes vagues d'immigration ?**

Le premier point, c'est la dégradation de l'intégration dans le temps.

Contrairement aux précédentes vagues d'immigration où l'intégration s'améliorait dans le temps, elle se dégrade désormais. Cette dégradation s'observe au travers de quelques éléments que je vais citer et que vous connaissez :

– Du refus croissant de respecter les valeurs et principes du peuple français qui s'incarnent au travers des valeurs républicaines qui sont inscrites dans notre constitution. Ces valeurs, ces principes sont aujourd'hui refusés et même combattus jusqu'à l'intérieur des classes, à l'école. Nous venons, au Haut Conseil à l'intégration, de remettre un rapport sur l'école à Monsieur le Premier ministre.

– Cette dégradation s'incarne au travers du refus croissant de pratiquer la langue française. Ce refus de pratique de la langue française, son résultat se mesure désormais au travers des enquêtes PISA (Program for International Student Assessment). Je citerai l'exemple de PISA 2006 sur les mathématiques qui accordent un intérêt particulier aux enfants de l'immigration et qui met ce point en évidence.

– Cette dégradation s'observe également au travers de l'outrage récurrent aux symboles : drapeau et hymne national.

– De l'affichage agressif de son appartenance à un autre peuple. Cela se manifeste au travers du drapeau du pays d'origine exhibé à toute occasion, y compris lors des cérémonies de mariage.

– De la pratique systématique, y compris en classe, de la langue d'origine, et non de la langue française.

– De l'affichage quasi permanent de sa propre sensibilité religieuse. La religion se transforme, ici, en une identité.

La simple insertion – c'est ce dont je suis en train de parler – est de plus en plus refusée. Or, une société où un nombre croissant d'individus refusent l'insertion ne peut pas vivre de manière sereine.

Le 2e point qui diffère par rapport aux précédentes vagues d'immigration, c'est le socle de reconnaissance que les parents d'origine européenne construisaient à leurs enfants. Ils leur expliquaient leur parcours migratoire, et remerciaient devant eux le fait que la France les avait accueillis. Ça a une très grande importance pour les enfants : le fait de les laisser se construire un destin dans le peuple d'accueil.

Ces parents de l'immigration européenne, intra-européenne, comprenaient d'instinct et acceptaient la nécessité de minimiser les différences afin que leurs propres enfants soient adoptés par la société française, par la communauté nationale française.

Et je souhaite préciser qu'ils le faisaient même en ressentant une certaine souffrance, car il y a toujours souffrance pour des parents de voir ses propres enfants devenir dissemblables.

Le 3e point, c'est que l'école n'est aujourd'hui plus en mesure de jouer son rôle intégrateur alors qu'elle était un dispositif déterminant. Les parents de l'immigration extra-européenne, pour des raisons de distance culturelle et de valeurs non partagées, ne marchent plus dans la même direction que les enseignants. C'est un fait majeur.

Cela aboutit à ce que pour les élèves de l'immigration de culture non européenne, et j'ouvre les guillemets parce que c'est le résultat d'une étude de sociologues, « l'enfant qu'il est dans sa famille s'oppose à l'élève qu'il doit être à l'école ». Nous sommes là au centre d'une difficulté majeure.

Il est très difficile pour les enfants de réussir dans ces conditions, et je m'appuierai également sur les travaux de la sociologue finlandaise Jouni Välijärvi, puisque nous parlons beaucoup du modèle finlandais en France, qui dit : « On sait que les performances des élèves ont pour moteur le capital culturel et les centres d'intérêt qu'ils apportent de chez eux à l'école. »

Le 4e point, c'est la distance culturelle. Plus la distance est importante, plus l'appropriation des codes socioculturels sera longue, difficile et conflictuelle, très souvent. Et je souhaiterais rappeler que les migrants européens possédaient en commun, avec les Français, une identité qui plonge ses racines dans le même patrimoine culturel, à savoir les civilisations grecque et romaine, le christianisme, la Renaissance, les Lumières.

Je voudrais également porter à votre connaissance le fait que, malgré cette proximité culturelle, entre 1870 et 1940 la proportion d'Italiens qui ont fait souche en France ne dépasse pas un sur trois. Ce sont des chiffres qui sont consignés dans les travaux de l'historien Daniel Lefeuvre, s'appuyant sur les études de Pierre Milza.

Le 5e point est important et nous le sous-estimons : les moyens de télécommunication modernes, les réseaux sociaux, l'évolution des tarifs des transports, la circulation qui est rendue plus aisée : tout cela permet le maintien d'un lien prégnant avec le pays d'origine et cela dessert l'intégration.

Le 6e point, la reproduction des sociétés culturelles d'origine.

Une autre difficulté, c'est le fait que nous ne sommes plus face à des phénomènes migratoires classiques. Nous sommes confrontés à un phénomène de diasporas. Et les diasporas, je reprendrai la définition de Dominique Schnapper et de Madame Benayoun, « ce sont des peuples qui gardent un sentiment de leur unité malgré l'éclatement géographique[1] ».

Le 7e point, les politiques de diversité. Parce que le comportement de notre société est à prendre en compte dans cette dégradation de l'intégration.

Les politiques de diversité, de discrimination positive, parfois appelées d'« égalité réelle », rendent plus attrayante la revendication d'appartenance à une communauté étrangère plutôt qu'à la communauté nationale française.

Le 8e point, la victimisation.

La victimisation, que vous avez signalée, Monsieur le Député, des immigrés et de leurs descendants, les a en effet déresponsabilisés et leur a surtout laissé croire que tout viendrait de l'extérieur. Or cette idéologie prospère sur un terreau très fertile. Nous avons affaire à des cultures qui sont des cultures fatalistes. Je parle des cultures de la plupart des migrants. Elle les dépossède déjà, en grande partie, de la conduite de leur propre destin.

Le 9e point, la propagande multiculturaliste.

Le fait que l'on entretienne, dans notre société, une propagande multiculturaliste qui a contraint le peuple français à taire sa propre culture et sa propre identité, et à encourager parfois les migrants à exprimer la leur. Autrefois, l'insertion et l'intégration se produisaient beaucoup par mimétisme. C'était en observant les Français de souche européenne que les nouveaux entrants s'appropriaient également leurs codes socioculturels.

Le 10e point, l'intégration-assimilation est de moins en moins souhaitée.

Le dernier point que je souhaiterais citer dans cette partie, c'est le fait que l'intégration-assimilation est de moins

1. Chantal Bordes-Benayoun, Dominique Schnapper, *Les Mots des diasporas*, Presses universitaires du Mirail, 2008.

en moins souhaitée par les migrants et leurs descendants, et cela constitue l'un des freins majeurs à l'intégration. Pour pouvoir s'intégrer, il faut le vouloir. L'intégration ne peut jamais être imposée. Nous pouvons imposer l'insertion, pas l'intégration. Je l'ai dit précédemment, c'est quelque chose qui se joue entièrement sur le registre affectif et moral.

Et d'ailleurs, les enfants de l'immigration ne comprennent souvent pas pourquoi on leur parle d'intégration. Ils sont nés en France : ils sont français car, pour eux, ils détiennent des papiers français. Même quand ils ne possèdent pas la mentalité française que j'ai évoquée. Ces conclusions ont d'ailleurs été portées dans l'étude que la sociologue Évelyne Ribert a conduite pendant un an sur le terrain. Elle a conclu au fait que, dans l'esprit des jeunes de l'immigration, les papiers d'identité français n'engagent en rien leur propre identité.

Nous sommes face à une décorrélation complète entre nationalité et identité.

À présent, une partie qui va être très rapide : que signifie l'acquisition de la nationalité française pour la communauté nationale française elle-même ?

### B. Que signifie l'acquisition de la nationalité française pour la communauté nationale française elle-même ?

On l'oublie systématiquement, mais il est fondamental de souligner que, dans l'intégration, nous sommes en présence de deux parties ou deux contractants : le postulant à l'intégration et la communauté à laquelle il souhaite s'intégrer, ici la communauté française.

1. Pour que l'intégration réussisse, il est incontournable que la communauté nationale reconnaisse le postulant

comme un de ses membres, l'adopte et l'admette en son sein.

Il est évident qu'un migrant qui est perçu comme non inséré, comme dissemblable, comme ne possédant pas la même mentalité, la même identité, n'a strictement aucune chance d'être reconnu ni intégré par les membres de la communauté nationale.

2. Le deuxième point que je souhaite aborder dans cette partie : je souhaiterais rappeler le principe élémentaire selon lequel l'accès à la nationalité confère à celui qui la reçoit le statut d'architecte du projet politique collectif.

Et par quel miracle des étrangers qui n'ont pas réussi leur processus d'intégration et ne l'ont parfois même jamais entamé, comme les enfants qui refusent, désormais, que l'on parle d'intégration pour eux, par quel miracle pourraient-ils s'accorder avec les Français sur le contenu des principes aussi essentiels que la liberté individuelle, l'égalité hommes / femmes, l'humanisme, la séparation de l'Église et de l'État ? Ces principes constituent le socle de notre société.

3. Le dernier point sur l'acquisition de la nationalité et ce qu'elle signifie pour la communauté française : c'est que la nationalité française confère à celui qui la reçoit un titre de propriété sur le territoire français. Cela n'échappe d'ailleurs pas aux jeunes de l'immigration qui exhibent leur carte d'identité et déclarent : je suis ici chez moi.

Je souhaiterais, là, rappeler les propos de l'anthropologue Claude Lévi-Strauss qui prêchait la nécessité de la bonne distance entre les peuples. Il disait : « Que les peuples ne vivent pas trop près les uns des autres, sinon c'est la guerre. Mais pas trop loin non plus, sinon ils ne se connaissent plus. Et alors c'est la guerre[1]. »

1. Catherine Clément, « Claude Lévi-Strauss, une vie », *L'Express*, 3 novembre 2009.

### C. Recommandations

Mes recommandations seront très brèves puisqu'on les lit en filigrane de mon exposé.

La politique d'intégration appelée intégration par la nationalité revient à placer la charrue avant les bœufs. Celui qui reçoit le sésame que constituent les papiers d'identité français ne s'astreindra plus jamais à aucun effort pour ne serait-ce que respecter les règles du bien vivre ensemble de la société française. À ses yeux, il ne risque en effet plus rien. C'est cela qui nourrit et entretient le sentiment d'impunité.

Il y a deux paramètres auxquels les familles de l'immigration sont très sensibles : la protection sociale et la carte d'identité du pays d'accueil perçue non comme le témoignage de l'identité du peuple d'accueil, mais comme le sésame anti-misère.

Comment pourrait-on tenir rigueur à ceux qui cherchent à échapper aux difficultés matérielles de la vie d'utiliser tous les moyens qui sont mis à leur disposition ? De mon point de vue, la responsabilité est de notre côté, du côté de la société française.

Avant d'en arriver à accepter l'idée même de s'intégrer, à savoir de rejoindre la communauté française, l'étranger doit affronter des questions très lourdes puisqu'elles touchent à ses propres fondamentaux ainsi qu'au sentiment d'amour et d'appartenance qu'il porte à ce qu'il ressent comme étant sa nation, celle de ses ascendants biologiques.

Le processus de choix de sa propre identité permet de traverser puis de surmonter les épreuves inévitables inhérentes à ce processus.

Je cite à présent les travaux de Claudine Attias-Donfut et

François-Charles Wolff, de la CNAV, qui ont accompli un travail remarquable sur six mille familles. Dans leur ouvrage, ils disent : « Tiraillés davantage entre la famille et le dehors, leurs enfants risquent d'éprouver plus de difficultés à se faire une place en France et se montrent incapables de s'adapter à l'école ou dans le monde du travail, ce qui aggrave les conflits avec les parents. Quand ils ont, au contraire, pu s'émanciper de leurs parents et se sont bien intégrés en France, c'est au prix d'une rupture avec eux. » Nous voyons que le prix de l'intégration peut parfois s'avérer très lourd.

Lorsque l'identité choisie n'est pas celle de ses propres ancêtres, cela constitue une rupture profonde. Une rupture, une telle rupture doit être voulue et librement consentie, car elle doit ensuite être assumée en droits et en devoirs. Lorsqu'elle n'a pas été librement choisie, cela fait apparaître pour l'individu des tensions le plus souvent insupportables. L'individu devient alors l'otage de ce qu'on appelle une dissonance identitaire, qui déclenche une extraordinaire violence. Suivant la culture dans laquelle il a été éduqué, cette violence sera retournée contre lui-même ou contre les autres. Aujourd'hui, ceux qui ne sont pas assimilés, qui n'ont pas réussi leur processus d'intégration pour un certain nombre de raisons, en viennent de plus en plus souvent à s'attaquer à notre société. Les enfants, dès leur plus jeune âge, se dressent contre leurs enseignants. Dès la maternelle, nous a-t-on dit dans nos auditions. Ils rejettent le fait qu'on puisse dire qu'ils sont français.

La refonte du code de la nationalité s'impose. Il y a aujourd'hui une totale déconnexion de la question de la nationalité française et de l'identité française elle-même. Si nous souhaitons maintenir la cohésion nationale, il est indispensable de faire en sorte qu'elles coïncident de nouveau. (…)

– Le droit de la nationalité est aujourd'hui construit de telle sorte que la nationalité française devient un dû pour le postulant. Il est appliqué en prenant en considération son seul intérêt, jamais celui de la communauté nationale française. Vous êtes né sur le sol français ? La nationalité française vous est due. Vous épousez un ressortissant français ? La nationalité française vous est accordée au bout de quelques années de vie commune. Vous êtes parents d'un enfant que vous avez réussi à mettre au monde dans la métropole ou les territoires d'outre-mer ? Vous finirez par obtenir la nationalité française.

– La nationalité ne doit désormais être accordée qu'à l'issue du processus d'intégration, lorsque ce dernier a réussi et s'est conclu par l'assimilation, et non comme c'est le cas aujourd'hui au début d'un processus à l'issue non prédictible.

– Il est fondamental, de ce fait, de prendre en considération dans le nouveau code l'extrême difficulté de se construire une dimension personnelle, une volonté individuelle, lorsque l'on grandit au sein d'un groupe qui s'applique, dès la naissance, à dissuader tout ce qui peut apparaître comme une velléité d'émancipation.

– Pour cette raison, la demande de naturalisation ne doit pas être examinée avant que le candidat à la naturalisation ait atteint l'âge de 25 ans, c'est-à-dire qu'il n'ait sa propre personnalité.

L'obtention des papiers doit être assorti d'une période probatoire de plusieurs années. Je dirais cinq ans, ce qui permettra de s'assurer, comme le précise la circulaire du 24 février 2005, d'un certain nombre de critères : le degré d'assimilation à la communauté française, d'apprécier sa conduite et son loyalisme, et d'évaluer le degré de connaissance de la langue française.

– Il est important également de vérifier que le postulant dispose de ressources matérielles suffisantes, hors aides sociales, afin de s'assurer que les considérations économiques ne constituent pas une motivation pour la demande de naturalisation.

– Une sévère vigilance doit s'exercer à l'encontre des mariages dits mixtes, mais qui ne le sont pas toujours. C'est aujourd'hui une grande porte d'entrée dans la nationalité française. Je cite des chiffres du ministère : « Sur 100 000 acquisitions de la nationalité française par des ressortissants étrangers en 2007, les accessions par mariage en représentaient à elles seules près de 30 000 et les demandes sont satisfaites à 90 %. » Selon les travaux de Madame Tribalat : « Deux tiers des mariages célébrés en France et la quasi-totalité des mariages célébrés à l'étranger marquent le début d'une histoire migratoire légale en France. »

Il n'y a, à mon strict point de vue, aucune urgence à délivrer la nationalité française, d'autant que notre pays accorde la même protection sociale à tous les résidents sans distinction d'origine.

Nous ne sommes pas là en présence d'une poignée de naturalisations dont l'impact, en cas d'échec d'assimilation, serait contrôlable. Non, nous sommes en présence d'environ 100 000 octrois par an, ce qui représente une véritable onde de choc.

Je terminerai par la question de la double nationalité et, ensuite, la question de la déchéance. Et j'aurai une très brève conclusion.

Sur la double nationalité, j'établis une nette distinction entre deux catégories de personnes. Je suis totalement opposée au fait que des personnes qui possèdent une double nationalité puissent accéder à des fonctions d'élu, même au niveau local, ainsi qu'à toute fonction gouvernementale ou dans la haute administration publique française. Bien entendu, ce propos concerne également les Français de souche européenne.

Par ailleurs, je ne suis pas favorable à la suppression de la double nationalité, pour une raison très simple. C'est qu'en l'état actuel des choses cela rendrait impossible tout recours juridique à la déchéance de la nationalité française. Nous ne pouvons fabriquer des apatrides. Si la double nationalité venait à être supprimée, une écrasante majorité des extra-Européens opteraient, pour des raisons évidentes, pour la nationalité française. Et, de toute façon, cela n'engage en rien leur identité. Il y a également le droit des pays d'origine dont beaucoup ne reconnaissent pas le fait qu'on abandonne sa propre nationalité.

Les critères de déchéance de la nationalité française restent aujourd'hui à établir. Je considère que celui qui a récemment été introduit est absurde, ridicule. Je vous renvoie au code de la nationalité marocaine pour la question de la déchéance de la nationalité. Ce code est excellemment bien fait. Je vous ai apporté d'ailleurs quelques éléments de ce code marocain ainsi que de codes de différents pays.

**Conclusion**

Le recours au principe de précaution bat son plein sur des dossiers dont la criticité est loin d'avoir été prouvée et, curieusement, sur cette question de la nationalité qui engage au plus haut point l'avenir de la cohésion nationale et alors que les voyants ont viré au rouge depuis plus de vingt ans, il n'y a aucune véritable action qui soit engagée par le pouvoir politique.

Au travers de la réflexion sur l'identité nationale et le code de la nationalité française, se pose la question du choix du projet de société pour la société de demain. Et ce qu'il convient de garder à l'esprit, c'est que des identités différentes conduisent à des projets de société différents.

Chaque peuple a droit au respect, sur son territoire, de son identité propre. Une identité qui est, bien entendu, dynamique, mais qui ne saurait évoluer au corps défendant du peuple lui-même. Je souhaiterais rappeler qu'on ne bouscule jamais impunément un peuple sur son territoire.

L'octroi de la nationalité française doit être placé sous le sceau de la sagesse. Lorsqu'il n'apparaît pas évident que le postulant a réussi son assimilation, alors la règle qui doit guider les services qui consentent à la naturalisation doit être le fameux mot du philosophe et mathématicien grec Pythagore : « Dans le doute, abstiens-toi. »

En donnant la nationalité française à un nombre considérable de personnes qui ne portaient pas l'idéal français, l'État s'est rendu coupable de la perpétuation de la notion de deux qualités de Français. Ce n'est que lorsque la nationalité attribuée par l'État sera redevenue réelle que les Français cesseront alors d'éprouver le besoin de parler de Français de souche.

Je vous remercie.

## Claude Goasguen, rapporteur de la mission d'information sur le droit de la nationalité, député de Paris

Claude Goasguen : Moi, j'ai trouvé évidemment que c'était remarquablement bien exprimé. Puis je connais vos thèses, j'en partage beaucoup. Simplement, je voudrais vous poser deux questions précises.

La première, c'est que la conception de la nationalité que vous avez est en réalité profondément aux antipodes de l'évolution de la nationalité depuis trente ans. Nous sommes d'accord ? Par conséquent, vous êtes pour un retour à la nationalité-État plus qu'à la nationalité-état des personnes. Ce qui veut dire qu'en réalité il faudrait sortir le code de la nationalité du code civil. Nous sommes bien d'accord ? Ce n'est pas une question piège. Moi je pense effectivement à une autre conception de la nationalité. L'intégration de la nationalité dans le code civil n'était pas mineur comme phénomène. Il s'agissait de dire au fond que l'état des personnes l'emportait sur l'état de la nationalité délivré comme un acte régalien.

À partir du moment où vous intégrez dans le code civil, ce n'est plus un acte régalien. Je sais bien que la France n'a pas poussé jusqu'au bout le raisonnement parce que, sinon, ça serait normalement les tribunaux judiciaires qui seraient chargés du contentieux de la nationalité, ce qui n'est pas le cas puisque ce sont les tribunaux administratifs. D'accord ? Mais enfin c'est une idée.

La deuxième question, c'est : quand vous parlez de la double nationalité, vous dites « élu ». Est-ce que ça signifie en réalité que vous envisagez la double nationalité restrictive, telle que vous l'avez envisagée, comme une possibilité de voter ? Parce qu'on peut très bien imaginer, au fond, une double nationalité avec une nationalité « dimension politique » et une nationalité « sans dimension politique ». Je sais bien que le problème de l'allégeance perpétuelle dans les pays, notamment au Maroc et dans les pays musulmans d'ailleurs en général, ou en Israël, est un problème très difficile à régler.

Mais au fond, est-ce qu'on ne pourrait pas à ce moment-là… Qu'est-ce qui est choquant, en réalité ? C'est qu'il y ait participation politique aux scrutins qui sont scrutins de souveraineté, pas aux scrutins locaux qui, en fait, sont étendus à la citoyenneté européenne qui est une sous-nationalité. Au fond, vous, vous envisagez une double nationalité, donc impossibilité comme pour les citoyens européens de participer à des mandats, mais vous envisageriez peut-être de voter quand même dans le pays d'origine ?

Malika Sorel : Je suis pour le respect du principe de réalité. Dans les peuples existe ce que l'on appelle l'inconscient collectif et c'est quelque chose qui perdure, que l'on ne prend pas avec les mains. Ce n'est pas parce que l'Assemblée va voter des lois que le législateur va dire « à partir d'aujourd'hui nous allons décider » que le peuple suivra. Et souvent, c'est parce qu'on a méprisé cette dimension d'inconscient collectif – qui se transmet au travers des gestes de la vie quotidienne, la manière dont nous éduquons nos propres enfants – que l'on arrive au chaos, à des affrontements. Donc je suis pour le fait qu'on respecte cette dimension politique parce que je ne réduis pas la nationalité au fait de pouvoir circuler dans un espace. La nationalité, dans la mesure où l'on peut voter avec ce titre que l'on accorde, va nous donner un pouvoir. On va participer à dessiner le projet collectif et c'est ça qui me pose problème dans la nationalité [l'octroi de la nationalité s'il n'y a pas eu assimilation].

Sur la double nationalité, j'ai dit : « en l'état actuel des choses », donc on peut parfaitement imaginer qu'à partir d'un certain moment, d'une date de naissance, il n'y ait plus possibilité de double nationalité et que les gens puissent opter. Simplement, aujourd'hui, nous sommes quand même face à une très grosse difficulté qu'il ne faut pas sous-estimer, nous avons un stock de personnes qui ont la nationalité française mais qui ne possèdent pas l'identité française. Et l'identité française, lorsqu'on minimise le scrutin local, on commet une erreur parce que même au niveau local on décide de notre façon de vivre. Et notre façon de vivre, c'est quoi, en réalité ? C'est la traduction de tous nos principes. Max Gallo le résume très bien en disant que, dans les principes républicains, on retrouve toute l'histoire de France depuis son origine. Ce n'est pas 1789, c'est bien avant. Même les combats entre les catholiques, les protestants, ce sont eux qui ont mené, finalement, à la loi de 1905 qu'on voudrait réduire aux débats qui ont précédé 1905. Donc je suis pour le fait que l'on tienne toujours compte du fait que ce papier d'identité est beaucoup plus qu'un simple papier.

Concernant le fait qu'on puisse accéder à certaines fonctions, je ne dis pas que si les gens veulent y accéder, ils doivent abandonner leur nationalité, je dis : attention, quelqu'un qui est resté avec sa double nationalité, qui a mis à jour ses papiers, cela signifie qu'il se sent encore citoyen d'un autre pays. Alors je veux bien qu'aujourd'hui, effectivement, l'on soit dans un « tout est ouvert », « plus de frontières », mais il y a encore des frontières. Les États-nations correspondent à un produit de l'histoire et je pense qu'on ne gommera pas cela aussi facilement.

Nous sommes là au cœur de la difficulté du projet politique européen – parce que vous avez parlé de l'Europe –, c'est-à-dire que les peuples européens refusent une construction qui serait dans la négation de leur propre existence, celle de l'État-nation. Donc, tant qu'on ne trouvera pas cette possibilité de respecter l'existence de peuples... Les Allemands et les Français sont très proches et, pourtant, ils sont très différents également.

Claude Goasguen : Donc j'ai bien compris. Pour les charges électives, on a bien compris. Et pour la faculté de voter, vous imagineriez quand même à partir d'un certain délai un choix ?

Malika Sorel : Oui, tout à fait. Je sais qu'on parle beaucoup aujourd'hui de citoyenneté élargie, du droit de vote des étrangers. J'y suis pour ma part complètement opposée pour les raisons que j'ai dites précédemment, parce que le local est vraiment une déduction du national.

Claude Goasguen : Quelqu'un, par exemple, qui est national marocain et français. Il y en a même qui ont trois nationalités. Moi, j'ai eu le cas dans l'avion pour Israël récemment. Il y en avait un qui était israélien, marocain et français. Trois nationalités. Voire quelquefois quatre, parce qu'ils peuvent aussi être chypriotes. Et donc, comment est-ce qu'un Marocain qui a choisi la nationalité française peut continuer à voter sur des élections politiques au Maroc ? Je ne parle pas des charges, je parle du vote.

Malika Sorel : Je ne vois pas comment nous pourrions l'empêcher dans la mesure où ils continuent à avoir d'autres papiers. C'est ce que je vous disais. Vraiment, je distingue entre deux classes, excusez-moi de le dire ainsi, de citoyens. Parce que s'ils continuent d'avoir les papiers d'origine, vous voudriez les déchoir de la nationalité française ? Je ne vois pas vraiment comment nous pourrions empêcher ce phénomène de se produire en réalité, qui est une difficulté.

Claude Goasguen : Les Américains ont, dans ce domaine, une exception sur le droit de vote. Vous gardez la citoyenneté américaine, mais vous ne votez pas aux élections américaines si vous choisissez de voter aux élections françaises.

Malika Sorel : Je n'ai pas de sentiment personnel, mais c'est vrai que c'est une question difficile.

Manuel Valls : Il y a effectivement la possibilité, comme nous le savons pour les citoyens européens, de voter à des élections locales, municipales et évidemment européennes.

## Claude Bodin, député du Val-d'Oise

Claude Bodin : D'abord, je vais vous dire, Madame, que j'ai beaucoup apprécié votre présentation et que je me suis retrouvé dans beaucoup de vos propos.

Si j'ai bien compris, vous conditionnez la naturalisation au niveau d'assimilation de la personne, de l'étranger qui souhaite devenir français. Par contre, dans les propositions que vous faites de modification d'accès à la nationalité française, vous ne parlez nulle part, enfin vous n'avez pas parlé, tout au moins ce soir, du droit du sang. Quelle est votre position sur ce sujet, qui porte souvent à débat, du retour d'un code de nationalité en France qui serait basé sur le droit du sang ?

Malika Sorel : Je suis pour ma part favorable à un droit qui soit un droit du sang augmenté d'un droit de la volonté individuelle que j'ai bien décrit. C'est-à-dire que restreindre le code de la nationalité à un droit du sang me semble complètement à l'opposé d'une notion fondamentale qui est le fait que l'identité est dynamique. On se construit, et on se construit jusqu'à un certain âge. Et pour les fondamentaux, j'ai donné l'âge de 25 ans qui me semble important pour les personnes qui sont éduquées dans des cultures de groupe qui sont vraiment extrêmement violentes pour la construction individuelle.

Donc je suis complètement opposée au fait de revenir à un droit du sang pur et dur. Je vous le dis clairement, je rencontre aujourd'hui des personnes issues de l'immigration qui portent beaucoup plus haut les principes et les valeurs de la France que d'autres qui les ont hérités et qui les mettent en danger eux-mêmes, parce qu'ils passent leur temps à les accommoder et à vouloir que nous renoncions à ce socle identitaire.

Je suis pour ma part pour le fait qu'effectivement on ait des parents qui sont eux-mêmes français et qu'ils puissent le transmettre bien entendu, mais qu'en aucun cas ce soit restreint à ça. Je suis pour le fait qu'il y ait également cette ouverture qui inclut la reconnaissance du fait que, dans notre culture, l'identité est dynamique, et c'est vraiment, là... Ce côté dynamique est une différence essentielle entre les cultures européennes qui reconnaissent la liberté individuelle et la volonté individuelle, et les cultures, justement, de beaucoup de personnes qui proviennent aujourd'hui de l'immigration.

## Sandrine Mazetier, députée de Paris

Sandrine Mazetier : J'ai beaucoup de questions.

D'abord des questions très pratico-pratiques, vous nous avez évoqué les refus de pratiquer la langue française, de plus en plus fréquents. Je voudrais savoir où... Est-ce que vous avez des statistiques précises ? Vous avez évoqué de ce point de vue-là les études PISA, l'étude PISA sur les mathématiques ; je n'ai pas très bien compris.

Je voudrais surtout que vous nous précisiez quelle est pour vous la mentalité française ? De quoi est faite la mentalité française ? Si vous confondez ça avec la République, parce qu'il y a eu des moments de votre discours où ça semblait se confondre avec ce qu'il est convenu d'appeler aujourd'hui les valeurs de la République, et ce que nous sommes censés avoir tous portés depuis, si je suis bien vos propos, avant même la Révolution française.

Monsieur Gallo a préfacé un ouvrage sur la Vendée et sur

les Vendéens où il disait qu'en fait les soldats de Valmy et les Vendéens étaient les mêmes parce que, d'une certaine manière, les Vendéens défendaient leur braud[1]. Eh bien pour moi, c'est absolument faux. Vous voyez ? La cohésion nationale, ça existe, mais le partage des idées républicaines n'a pas été le fait de tous en France, Français de souche ou Français d'adoption, depuis si longtemps que ça.

Je ne sais pas si le statut de la femme explique qu'il ait fallu attendre effectivement que le général de Gaulle octroie le droit de vote aux femmes, mais ma grand-mère, Française, n'avait pas le droit de vote. Donc je ne sais pas si le statut de la femme, l'égalité hommes-femmes fait partie de ce socle identitaire et de cette mentalité que vous prêtez à la France depuis la Gaule, si j'ai bien compris.

Je pense que vous parlez aussi de laïcité même si vous n'avez pas prononcé le mot, ou je ne l'ai pas entendu. À ce moment-là, comment jugez-vous l'accommodement raisonnable du Concordat et les pratiques en cours aujourd'hui en Alsace du point de vue de la séparation des Églises et de l'État ? Et cette vieille pratique d'accommodement raisonnable est-elle incompatible avec la cohésion nationale et à bannir ?

Vous avez semblé expliquer que la facilité de circulation, de transport, de circulation de l'information entretenait de manière insurmontable un attachement au pays, soit d'origine, soit des parents. Est-ce que vous n'avez pas le sentiment qu'à l'inverse il y a une forme de contagion démocratique et de contagion de valeurs communes qui est en train de se produire aussi ?

Et puisque vous avez cité Emmanuel Todd, je regrette que

---

1. A-t-elle voulu utiliser le mot « braud » tiré du patois vendéen et traduisible en « broc » ? Le braud désigne une grande cruche qui symboliserait peut-être, ici, pour les Vendéens, leur chez-soi, ce qu'ils étaient ; en un mot, leur identité ?

vous n'ayez pas cité justement ce que raconte Emmanuel Todd sur l'évolution des modèles familiaux et de la démographie de l'autre côté de la Méditerranée, qui montre qu'à l'inverse, effectivement, tout circule : les idées, les mentalités, les comportements à l'ère de la mondialisation.

Enfin, il me semble qu'en proposant de restreindre l'accès à la nationalité aux personnes justifiant de revenus suffisants, vous en revenez à une possibilité de suffrage censitaire qui fait partie de l'histoire de la République, mais qui n'est pas exactement ce qui fait la cohésion nationale aujourd'hui dans ce pays.

Enfin, je suis un peu surprise ; je comprends votre logique, mais je ne comprends pas… Je comprends votre logique qui vise à différencier – je crois que de ce point de vue-là, vous avez raison – des personnes mobiles qui n'ont pas toutes forcément vocation ni envie de devenir françaises, d'acquérir la nationalité du pays dans lequel elles se déplacent, de personnes qui, elles, souhaitent s'inscrire dans l'histoire, dans l'histoire nationale et dans la communauté nationale. De ce point de vue-là, vous avez raison. Je crois que c'est deux réalités, deux motivations différentes. Mais à ce moment-là, je ne comprends pas très bien votre opposition au droit de vote des étrangers parce que précisément, en toute logique, reconnaître une citoyenneté de résidence, c'est faire la distinction entre des étrangers qui n'ont pas la nationalité française et pas la citoyenneté pleine et entière des nationaux français, et en même temps qui participent à la décision et à la construction d'un projet civique local. Donc en toute logique, si on suit votre raisonnement, vous devriez être pour le droit de vote des étrangers dans la mesure où vous êtes contre la double nationalité, et même contre le fait que des doubles nationaux puissent devenir élus ou accéder à des responsabilités importantes dans la fonction publique.

Enfin, dans l'histoire de ce pays, dans ce qui fait la cohésion nationale, ce pays s'est aussi construit avec l'immigration depuis très longtemps. Depuis des siècles et des siècles, ce pays progresse, s'augmente de personnes venant d'ailleurs et est-ce que ça n'a pas aussi produit ce qu'est, ce que vous appelez, vous, la mentalité française ?

Malika Sorel : Vous m'avez posé énormément de questions. Je ne suis pas sûre de pouvoir répondre à tout, c'est-à-dire en termes de « est-ce que je vais m'en souvenir ou pas ? », parce que je n'élude aucune question.

Je rebondis sur ce que vous avez dit à la fin. Vous dites « La France s'est enrichie », *et cætera.* La France a aussi été une chance pour beaucoup. On cite souvent les grands noms, les noms illustres, par exemple Monsieur Charpak, Marie Curie, *et cætera*, et on omet toujours de dire que Charpak n'aurait probablement pas été Charpak, que Marie Curie n'aurait pas été Marie Curie s'ils n'avaient pas croisé la France dans leur vie. Et ce côté qui est biaisé à vrai dire, qui consiste à dire que la France ne serait pas la France si elle n'avait pas accueilli : je trouve qu'on regarde le problème d'un seul côté et ça me dérange profondément. J'en ai parlé dans mon exposé, le fait de ne pas construire un socle de reconnaissance aux enfants de l'immigration des dernières vagues, c'est ce qui constitue une des différences majeures entre les différentes vagues d'immigration. On leur répète toujours que la France, en gros, ne serait pas la France si elle n'avait pas accueilli des immigrés, et on ne leur dit pas la chance que constitue la France dans leur vie et ce qu'elle a constitué comme chance dans la vie de leurs parents.

Sur l'attachement qui est entretenu : c'est une évidence, et nous l'observons également lors des mariages. À chaque fois qu'il y a distance culturelle, et quand je dis distance culturelle, je ne parle pas de distance entre ce que nous pouvons consommer au quotidien, je parle des fondamentaux, c'est-à-dire ce qui rentre dans la mentalité. Je pense que vous n'étiez pas là quand j'ai décrit la mentalité et son lien avec l'identité, donc je vous relirai probablement ou je vous communiquerai... Vous étiez là ? Donc je vous [interruption de Sandrine Mazetier]

Sandrine Mazetier : Je voudrais que vous me caractérisiez ce qu'est selon vous la mentalité française. Vous nous avez lu une définition de ce qu'est la mentalité. Il y a même des histoires des mentalités. Mais vous, pour vous, c'est quoi la mentalité française ?

Malika Sorel : Je vais vous répondre sur ce point. Lorsque l'on maintient un lien prégnant avec la culture d'origine et lorsqu'il y a des éléments qui sont antithétiques, on réinjecte à chaque fois cette culture, ses fondamentaux. Il ne faut pas sous-estimer, il faut vraiment le prendre en compte et là, j'en viens à la mentalité française, ce qui fait la différence, c'est la liberté individuelle. Le fait que dans la société européenne depuis fort longtemps les individus étaient libres, et même lorsqu'ils adoptaient un mode de vie qui n'était pas conforme à celui de leurs parents, de leur milieu, à la limite ils s'enfuyaient, mais ils n'étaient pas persécutés comme nous l'observons aujourd'hui dans les banlieues françaises. Il n'y a pas moyen de s'échapper, d'exercer son propre choix de destin lorsqu'on appartient, lorsqu'on est éduqué, dans des groupes avec des cultures qui sont extrêmement puissantes et qui dissuadent, au quotidien, toute volonté d'émancipation. C'est une différence fondamentale et ça fait partie de la mentalité française, ce respect de l'individu. Si vous n'êtes pas content de ce que fait votre enfant ou de ce que font les personnes de votre famille, vous allez discuter avec eux, mais jamais vous n'en arriverez à les contraindre psychologiquement, moralement, et la contrainte est quotidienne et parfois physique. Je vous renvoie au *Destin des enfants d'immigrés* de Madame Attias-Donfut où elle décrit par le menu comment, au quotidien, on transmet ce devoir d'allégeance aux ascendants et à ce qu'ils représentent, et au fait qu'ils sont porteurs d'un patrimoine culturel. Ce n'est pas de la philosophie, c'est de la réalité du quotidien vécu, au jour le jour, de l'autre côté de la Méditerranée, pour les pays que je connais très bien, et aujourd'hui dans beaucoup de quartiers sensibles. Alors on veut bien continuer à dire que « tout se vaut dans les cultures », moi, je ne fais pas de hiérarchie mais je dis simplement que cela n'appartient pas – ces modes de fonctionnement – à la mentalité française.

Vous avez parlé de mon fil conducteur. Mon fil conducteur est très simple. J'ai vécu très longtemps en Algérie et je l'ai dit dans mon exposé : on respecte un peuple sur son territoire. On ne peut pas bousculer un peuple sur son territoire sans impunité. Mon fil directeur est celui-ci. Et lorsque les personnes doivent s'intégrer, ce ne sont pas les personnalités politiques qui vont vivre avec ces personnes, et si les Français ne considèrent pas comme français ceux qu'ils côtoient, il y a un phénomène de crispation et de rejet. C'est ce que nous observons depuis quelques années.

Il y a eu une période d'attente parce que les politiques ont beaucoup raconté aux Français que c'était un problème matériel qui était en jeu. Je connais parfaitement la question des ZEP, des moyens qui y sont injectés. Il y a même des rapports qui sont faits par l'ONZUS qui mettent en évidence le fait que les résultats ne sont absolument pas à la hauteur par rapport à l'argent injecté.

Le problème est ailleurs et je pars du principe que c'est le réel qui doit commander, parce que, à la fin des fins, les personnes qui viennent d'autres cultures, c'est avec le peuple français qu'elles vivent au quotidien ! Donc dire ce n'est pas grave, tout ça va s'acclimater, nous allons même accommoder… Je suis contre les accommodements qui n'ont rien de raisonnable, à partir du moment où ils touchent aux fondamentaux.

J'ai parlé de la loi de séparation de l'Église et de l'État, c'est la laïcité. Je pense que cela a été une erreur monstrueuse, je pèse mes mots, monstrueuse pour les femmes en particulier, de laisser entendre qu'il pourrait y avoir un accommodement sur ces questions.

C'est une difficulté majeure parce que lorsque les personnes pensent que ce n'est qu'une question de temps et qu'elles réfléchissent avec la mentalité française (elles pensent alors que l'intégration se fera avec le temps), elles ne se mettent pas de l'autre côté parce qu'elles ne connaissent pas nécessairement les ressorts de l'identité, en face, et elles ne comprennent pas que ces femmes ne sont en réalité pas libres. On peut devenir libre à partir du moment où tout de même – et c'était le cas des sociétés européennes et des femmes dans les sociétés européennes – il y avait déjà un certain degré de liberté.

Vous parlez d'Emmanuel Todd et des modèles familiaux : il n'y a pas de comparaison à mener entre les différents modèles familiaux, en ce sens que les sociétés européennes ont toujours cultivé une certaine mixité [hommes-femmes]. Il n'y avait pas de séparatisme. Les femmes ont toujours – même si c'est le général de Gaulle qui leur a donné le droit de vote – été mélangées, que ce soit aux champs, partout. Il n'y avait pas de fête où les femmes n'avaient pas leur présence. On ne les a jamais rejetées hors de l'espace public. Je vous renvoie à certains travaux que je vous ai apportés sur les problèmes liés à la représentation des femmes, et à ce qui se passe aujourd'hui dans certains territoires de la République.

Sur ce sujet des femmes, je pense que c'est sous-estimer les difficultés du processus d'intégration que de penser que cette intégration se fera d'elle-même. Si la société accommode, il est tout à fait naturel que les personnes sacrifient la mentalité et l'identité françaises, pour la raison très simple que la pression qui est exercée par le groupe, au quotidien, est très forte et que l'identité se construit toujours à l'économie de moyens. Ce qui signifie que si vous, vous me mettez la pression la plus forte, j'essaierai de vous obéir, vous, et je sacrifierai ce que me demande la personne d'à côté parce que je sais qu'elle accommodera ses demandes.

Sur l'Alsace : oui, vous avez raison de le souligner. Simplement, sincèrement, aujourd'hui, nous sommes confrontés à de tels problèmes, que je ne suis pas sûre que la priorité soit de s'occuper de l'Alsace !

Sur le refus de la langue française : dans les résultats PISA, je vous ai apporté un extrait de l'étude et vous aurez les références, vous pourrez vous y reporter. Vous pouvez trouver également des éléments dans le livre d'un enseignant qui enseigne actuellement encore dans les ZEP et vous trouverez tout cela aussi dans les documents que je vous laisse. En 4e, 3e, des élèves possèdent environ 500 mots de vocabulaire en langue française. En général, un enfant qui entre en maternelle en possède 2 à 3000. Ce sont des enfants qui ne peuvent plus accéder au savoir, par déficience de connaissance de la langue française. Et PISA 2006 sur les mathématiques, justement, a mis en évidence le fait que souvent ces enfants allaient même échouer en maths. D'ailleurs, ils ont des résultats inférieurs également en mathématiques et on se focalise souvent sur la langue et sur les humanités. Non, c'est le cas aussi en mathématiques, pour la simple raison qu'ils ne comprennent pas l'énoncé du problème et qu'ils n'arrivent pas à dérouler ensuite les démonstrations, par manque de maîtrise de la langue. Et cette étude PISA de 2006 dont on parle rarement [mathématiques] met en évidence beaucoup de points qui sont extrêmement intéressants sur les enfants de l'immigration, parce qu'ils les ont étudiés en particulier.

Claude Goasguen : Rapide parce que l'heure tourne, et c'était passionnant. Notamment, j'ai beaucoup apprécié votre intervention sur la diaspora parce qu'il y a vraiment une réflexion à faire sur la culture de diaspora, dans sa connexion avec la nouvelle nationalité. Je vais vous poser une question très directe.

On est dans une situation X qui fait que nous avons 100 000 naturalisations par an, une nationalité qui est quand même désormais de plus en plus confondue avec la citoyenneté et qui n'est plus une appartenance. C'est un morceau de papier. Vous l'avez très bien expliqué. Je ne reviens pas là-dessus. Le vote européen, c'est-à-dire un phénomène qui, avec le temps, est rentré dans les têtes depuis des décennies. Alors, si vous aviez à faire revenir une conception de la nationalité volontariste, expliquez-moi les deux-trois mesures qui vous paraissent indispensables rapidement et faisables.

Malika Sorel : Je disais que rien ne sera rapide, c'est-à-dire que c'est un processus qui est très long et il faut pouvoir le favoriser. De toute façon, ce que je disais, c'est que s'il n'y a pas eu insertion, il ne peut pas y avoir intégration. L'insertion correspond au fait que les personnes qui ont une distance culturelle très importante ont été volontaires dans le fait de s'adapter aux normes collectives de la terre d'accueil, et c'est déjà un signe extrêmement important.

Il y a aussi le fait que tout le monde ne le peut pas, il faut avoir une très grande force intérieure. Ce n'est pas du tout intellectuel, tout ça. C'est pour ça que je dis que, pour les tout-petits, il faut cultiver cet amour, cet attachement. L'amour et l'attachement, c'est quelque chose qui ne se prend pas avec les mains.

Donc dans les mesures, pour que ce soit volontaire, c'est très difficile aujourd'hui, car ce qui se passe c'est que dans la question de la citoyenneté il y a deux dimensions : il y a le sujet et l'ayant-droit, et nous avons complètement occulté la dimension « sujet ». J'en reviens toujours au fait que nous sommes en présence de deux parties, car il y a aussi la communauté française. Et elle, elle n'a pas oublié. Le peuple français sait parfaitement qui il est et d'où il vient. Il n'y a que dans les débats intellectuels où on sourit « l'identité française, qu'est-ce ? », *et cætera.* Les Français savent parfaitement qui ils sont. Donc, ça, c'est une très grande difficulté. Moi, je pense qu'il faut, dans le code de la nationalité, il faut faire en sorte que ce soit l'intérêt de la cohésion nationale qui soit préservé. Ça me semble aujourd'hui quelque chose d'extrêmement grave… Moi, je travaille sur les questions géopolitiques, nous sommes quand même dans un contexte également. Cette crispation identitaire, elle n'est pas simplement liée à la situation française. Il y a un contexte international qui fait que les personnes qui migrent ne pourront pas nécessairement s'intégrer comme elles auraient pu le faire il y a quelques décennies. Donc, c'est un ensemble de difficultés.

Je pense que ce qu'il faut également, mais c'est toujours au long cours, quand on parlait de mentalité, il y a quelque chose qui est fondamental dans l'esprit français, c'est le doute. Il y a vraiment une opposition sur ce point, c'est-à-dire que nous sommes en présence de deux systèmes. D'un côté, nous avons le doute qui est cultivé en permanence, et c'est ça qui aide les enfants à progresser dans leurs apprentissages. On le voit très bien à l'école. Alors qu'en face, nous sommes dans des systèmes de certitudes. Des systèmes qui ferment les portes et les fenêtres, quand nous, nous ouvrons en permanence à nos enfants les fenêtres vers l'infini.

Je voudrais également aborder un point qui est intéressant pour votre travail, ce sont les statistiques ethniques, parce que c'est directement lié à vos travaux. Les statistiques ethniques, j'y suis pour ma part opposée, parce que ça figerait de manière définitive l'identité des individus alors que nous prônons le fait que l'individu puisse choisir son identité, et nous reconnaissons le fait que naître dans un groupe ne signifie pas une assignation jusqu'à la fin de son existence.

Si nous instaurions les statistiques ethniques, ça présenterait deux difficultés majeures, une que j'ai longuement exposée dans mon audition par la commission Veil sur la diversité[1]. Le Président de la République souhaitait analyser la possibilité de l'introduire dans le préambule. Ça n'a pas été fait, heureusement. D'un côté, les communautés en viendraient à se compter et ensuite à se dresser les unes contre les autres pour défendre leurs intérêts particuliers. Ça va contre la préservation de la cohésion nationale, et les statistiques ethniques enfermeraient définitivement les personnes dans leur identité d'origine, ce qui veut dire que *ad vitam æternam* nous aurions toujours ces deux qualités de Français, Français de souche/ Français d'origine étrangère. Nous devons faire en sorte qu'un jour cela disparaisse et que tout le monde soit français, pour ceux qui l'ont souhaité, de la même manière. En ce qui concerne la préoccupation des chercheurs, ceux qui souhaitent travailler ont vraiment les chiffres. Nous les avons au HCI. Nous avons beaucoup d'études, donc, en l'état actuel des droits, on peut parfaitement conduire des travaux. Je vois beaucoup de risques à institutionnaliser les statistiques ethniques pour ma part.

1. Rapport au Président de la République par le comité présidé par Simone Veil, « Redécouvrir le Préambule de la Constitution », La Documentation française, 2008, p 164-173 : https://www.vie-publique.fr/rapport/30242-redecouvrir-le-preambule-de-la-constitution-rapport-du-comite-preside

## Manuel Valls, député de l'Essonne

Manuel Valls : Madame Sorel, nous allons aborder un peu plus tard avec notre autre audition le sentiment d'appartenance nationale non exclusif, l'ouverture aux autres cultures. Moi je me retrouve dans beaucoup de vos propos sur une forme de volontarisme, sur le sentiment d'appartenance et, en même temps, mais peut-être faute de temps, je voudrais vous interroger sur deux éléments. D'abord, y compris sur la manière dont notre nation s'est construite et sur les évolutions. On peut être profondément français; vous parliez des Vendéens [il se tourne vers Sandrine Mazetier qui avait évoqué les Vendéens] et en même temps, avoir d'autres sentiments d'appartenance. On peut être breton, républicain et français. [Puis, acquiesçant à une interruption de Sandrine Mazetier] : On peut être français et on peut ne pas être républicain. Même si ça fait partie du corpus dans lequel on vit...

Mais on peut, c'est ce que je ressens dans votre exposé liminaire et c'est ce qui était intéressant, me semble-t-il, sur ce refus d'appartenance, faire référence à des cultures. Au fond, le débat ouvert par Hugues Lagrange faisait aussi référence à une partie des défis que vous exposiez, même si sa réponse est évidemment très différente de la vôtre. Mais en tout cas sur le constat, c'est-à-dire, il y a notamment dans les immigrations récentes – je vous mets en garde sur le mot « vague »... On ne peut pas dire, par exemple, que l'immigration turque représente une vague, en tout cas pour l'instant, ni l'immigration pakistanaise. Enfin, ça c'est une précaution de langage. C'est le seul conseil que je me permettrai de vous donner. Donc ces éléments culturels, d'où le débat ouvert par ma collègue Mazetier sur la question de la mentalité, en tout cas sur la culture, on peut peut-être même se retrouver.

Cependant, j'ai trouvé que dans votre exposé – vous l'avez abordé dans votre réponse sur l'école – manquent, et c'est pour ça que je voulais vous interroger là-dessus, les aspects socio-économiques. Vous faites référence aux autres vagues d'immigration, pour reprendre votre terme, immigration italienne, immigration espagnole, immigration polonaise, pour ne prendre que celles-ci, dont les conditions d'intégration ont été difficiles. Il y a eu de l'assimilation. Parfois par le volontarisme. L'école jouait de ce point de vue-là un rôle important, mais ça a été difficile. Je pense notamment aux Italiens, dans le sud de la France. Mais il y avait un contexte économique et social. Il y a eu le plein emploi, mais ce n'était pas toujours le cas dans les années 30, dans notre pays après la crise de 29. Et quand vous évoquez les dernières immigrations, je ne trouve pas très présents les aspects socio-économiques. Quand vous parlez, quand vous évoquez le nombre de mots qu'un enfant aujourd'hui aurait à l'école, ça n'est pas forcément dû à la situation de ses parents ou encore moins à la volonté. C'est une donnée objective d'un échec qui doit nous interroger tous sur notre système scolaire, ou sur la concentration de familles en très grande difficulté. Ça n'excuse rien. Je ne pratique pas, en général, la culture de l'excuse, mais en tout cas c'est une réalité. Il y a une réalité de familles au chômage, de parents qui ont eu le sentiment très profond, en tout cas dans le regard de leurs enfants, d'être dépréciés.

Il y a eu l'éclatement de la cellule familiale aussi. Ce qu'on ne retrouvait pas forcément, chère Madame, dans les années 30, 40 ou 50. Il y a une évolution de la famille à laquelle l'immigration récente est également confrontée. On divorce. On se sépare. La cellule familiale évolue. Donc ces questions-là ne sont pas uniquement liées à une absence de volonté de s'intégrer. Seulement, il y a des faits objectifs, sociaux, sociologiques, des réalités économiques, et j'ai trouvé que ces faits étaient absents de votre exposé.

Malika Sorel : Oui, ils sont absents parce qu'ils sont mineurs, tout simplement. D'ailleurs, vous avez fait la comparaison avec l'immigration italienne et polonaise. Ils étaient dans des situations bien plus difficiles. La solidarité nationale n'atteignait pas le niveau que nous connaissons aujourd'hui. Il n'y a strictement aucune comparaison à mener avec la situation, qui était extrêmement compliquée, d'intégration et même d'insertion de ces immigrés, et la situation actuelle.

La question économique est mineure. Tant que le politique persistera à laisser penser aux familles de l'immigration que le problème est économique, ils ne s'évertueront pas à assumer les responsabilités vis-à-vis de leurs enfants. Je le répète : aujourd'hui, la seule chance pour ces enfants, c'est de s'accrocher à l'école. Ils ne le font plus.

Vous lisez des témoignages. Nous en avons eu beaucoup au HCI pour notre rapport sur l'école. Les enseignants nous le disent. Ils le publient. Ces enfants ne font pas nécessairement leurs devoirs. Ils arrivent en classe, ils dorment, ils sont fatigués. La culture y fait que les enfants sont au centre de la vie. Pas dans le sens où on s'en occupe comme dans le sens français du terme, celui de notre société actuelle, j'entends, à savoir que l'enfant est vraiment l'objet de l'attention de ses parents. Non. Là, les enfants dorment en même temps que les adultes, très tard, et les enseignants nous disent « le matin, ils dorment en classe » ; « ils ne font pas nécessairement leurs devoirs ». Je n'ai pas tout abordé dans mon exposé, ce serait impossible. Je suis intarissable sur le sujet, Monsieur Valls, mais je vous adresserai tout ce qui concerne l'école parce qu'effectivement c'est un compte à rebours, une course contre la montre qui est enclenchée.

Nous l'avons bien spécifié dans le rapport du Haut Conseil à l'intégration, c'est vers l'âge de 2 ans, très très tôt, qu'il faut s'occuper de ces enfants pour leur transmettre cette connaissance de la langue française que leurs parents ne leur transmettent pas, et pour cause, parfois parce qu'ils ne la connaissent pas, mais il y a aussi ce refus d'intégration qui est aujourd'hui permis, et même le refus d'insertion qui est permis par nos sociétés parce que nous allons davantage vers l'accommodement, et vers le fait que c'est la culture française qui devient la variable d'ajustement. Et ces familles, auparavant, mettaient un point d'honneur à parler le français à la maison, même à baragouiner le français. Ce n'est plus le cas aujourd'hui. Donc, ces enfants sont désavantagés. Il faut permettre du travail en tout petits groupes pour qu'ils puissent s'exprimer.

Pour aider à l'insertion et à l'intégration ultérieure – s'ils le souhaitent, parce que, pour moi, l'intégration ne peut pas être imposée –, il faut favoriser, à l'école maternelle et dans les premières classes de l'école primaire, le travail en petits groupes, la transmission de toute la culture française, du folklore. Tout est dans le folklore, les contes, les traditions orales qu'on transmet aux enfants. Et pourquoi c'est important à l'âge de 2-3 ans ? Parce que nous sommes entièrement sur le registre affectif. Plus tard, l'enfant en entendant des chansons, en lisant des histoires, aura son cœur qui va vibrer pour cette nation.

Nous n'avons pas cultivé tout cela. Pendant des années, les enseignants, parce qu'on leur a expliqué qu'il fallait faire dans le différentialisme et le multiculturalisme, en venaient à transmettre à ces enfants les contes de leurs pays, les contes africains avec les sorciers par exemple, *et cætera*. Donc nous les avons privés. L'école étant pour eux le seul lieu où ils pouvaient apprendre le français et le maîtriser, apprendre la culture française, nous les avons privés de tout cela. Donc ça c'est important de comprendre qu'il faut agir au plus tôt.

Et pourquoi est-ce que je dis qu'on n'impose pas [l'intégration et l'assimilation] ? Je suis pour ma part très choquée du fait qu'on pense qu'en prenant l'avion pendant quelques heures les gens viendraient, résideraient, et comme par miracle auraient envie de devenir français. Eh bien, je vais vous dire ce que je ressens. Pour moi, c'est de l'arrogance ! Pourquoi placerions-nous l'identité française au-dessus des autres, et que les personnes qui viendraient voudraient nécessairement bien entendu, et nous ne pourrions pas comprendre qu'il en serait autrement, devenir français ?

Manuel Valls : Je vais vous poser une question encore plus directe, et c'est pour évidemment aller jusqu'au bout du sujet. Je disais, Mona Ozouf disait, on peut être bretonne, républicaine, française, on aurait pu rajouter catholique. Est-ce qu'on peut être, selon vous, c'est un débat et vous comprenez pourquoi je pose la question : musulman, républicain, français ?

Malika Sorel : Ma réponse est oui, sous conditions. Dans les cultures, nous retrouvons un certain nombre d'éléments, dont la religion. Pour certaines, leur processus historique fait que la religion y est mineure. Dans d'autres, nous n'en sommes pas encore à la séparation de l'Église de l'État. Et ce qui m'apparaît le plus important dans la séparation de l'Église et de l'État, c'est le fait que c'est l'État, la primauté de l'État, qui a force, et non les commandements, les préceptes religieux.

Donc à partir du moment où il y a, à un moment donné, une friction et même une incapacité d'articulation, il est évident que si la personne n'opte pas pour ce qui est dans le corpus de lois françaises, là oui, il y a incompatibilité. Donc pour moi c'est une question de hiérarchie. Vous avez parlé de « peut-on avoir plusieurs identités ? ». Il ne faut pas se leurrer, il y a toujours une hiérarchie. Et quand vous dites que l'on peut être français et non républicain, soit. Mais nous sommes contraints dans l'espace public de respecter, et ça s'impose à tous, quelle que soit son origine, de respecter nos principes républicains qui incarnent toute cette histoire de France. Je ne peux pas faire un exposé, mais des historiens l'ont fait bien mieux que moi. Chacun des principes inscrits dans notre Constitution porte une grande partie de l'histoire du peuple français.

Manuel Valls : Merci, Madame Sorel, pour tous ces éléments, pour la clarté et la conviction de vos propos. Nous allons passer, vous pouvez rester d'ailleurs si vous le souhaitez, à l'audition de Madame Catherine Wihtol de Wenden qui va nous rejoindre.

# Table

## DU MÊME AUTEUR

*Le Puzzle de l'intégration. Les pièces qui vous manquent,* Mille et une nuits, 2007.

« De quoi l'avenir intellectuel sera-t-il fait ? : Enquêtes 1980-2010 », *Le Débat,* Gallimard, mai 2010.

*Immigration-intégration : le langage de vérité,* Mille et une nuits, 2011.

*Décomposition française : comment en est-on arrivé là ?,* Fayard, 2015. Prix de la Société des membres de la Légion d'honneur, prix des Nouveaux Droits de l'homme, prix Clara Lanzi.

*Composition : IGS-CP*
*Impression : CPI Bussière en février 2022*
*Éditions Albin Michel*
*22, rue Huyghens, 75014 Paris*
*www.albin-michel.fr*

*ISBN : 978-2-226-47396-7*
*N° d'édition : 24968/01 – N° d'impression : 2063175*
*Dépôt légal : février 2022*
*Imprimé en France*